葉子

Leaves
Publishing

根
以讀者爲其根本

莖
用生活來做支撐

葉
引發思考或功用

果
獲取效益或趣味

假妝

JUDY的造型日记

Author＊作者 ——黃莉莉

Illustrator＊插畫 —— 李德聖

假妝

作　　者：黃莉莉Judy

出 版 者：葉子出版股份有限公司

發 行 人：宋宏智

企劃主編：陳裕升

行銷企劃：汪君瑜

文字編輯：葉迦安

美術編輯：而立設計

封面設計：而立設計

專案行銷主任：吳明潤

登 記 證：局版北市業字第677號

地　　址：台北市新生南路三段88號5樓之6

電　　話：(02)2366-0309　　(02)2366-0310

網　　址：http://www.ycrc.com.tw

讀者服務信箱：service@ycrc.com.tw

郵撥帳號：19735365　　戶名：葉忠賢

印　　刷：鼎易印刷事業股份有限公司

法律顧問：北辰著作權事務所　蕭雄淋律師

初版一刷：2004年8月　　定價：新台幣249元

ＩＳＢＮ：986-7609-37-9

國家圖書館出版品預行編目資料

假妝／黃莉莉著.
初版.--台北市：葉子, 2004〔民93〕
面：　公分.--（愛麗絲）
ISBN　986-7609-37-9（平裝）

855　　　　　　　　　　　　　93012265

總 經 銷：揚智文化事業 股份有限公司

地　　址：台北市新生南路三段88號5樓之6

電　　話：(02)23660309

傳　　真：(02)23660310

※本書如有缺頁、破損、裝訂錯誤，請寄回更換

老大 序

高 明

　　說到Judy現在的成就，我也覺得與有榮焉。

跟著我工作的那幾年，許多人都看不到她的辛苦，其實她是很努力也很用心的學生，經常要早出晚歸，常常下了通告還要先送我回去，然後再自己開車回家，而且非常關心我的健康，是個很照顧別人的工作夥伴。

　　會有現在的成就，當然有她必然的原因。首先是她很「耐操」，只要是交代給她的事情，在她的能力範圍之內，一但她應承下來的話，就一定極盡所能地完成，不會找藉口推託，這是很難能可貴的。

　　而且，這也是她的第二個優點，Judy不是個愛計較的人，也就是說，她不是那種把工作酬勞擺第一的造型師，她這種接近「不求回報」的價值觀，也是讓許多曾經和她合作過的導演，喜歡再次找她合作的原因，當然也因為她的責任感，讓合作過的人都很願意再次相信她並一再找她合作。

　　當然人是不可能沒有缺點的啦！如果要我說Judy哪裡不好，我想應該只有「領悟力」的部分吧！這樣說可能有點殘忍，不過她真的是屬於那種「刻苦耐勞」型的學生，許多過程講了很多次，她還是記不得，這點除了記性問題之外，也是因為她其實是屬於神經比較大條的那種女生啦！後來我也把我自己的經驗告訴她 ── 「勤作筆記」，哈哈，因為我自己也是這一類的人啦。

　　無論如何都很高興看到Judy出書了，這應該也會是她的人生另一個好的開始，帶著「青出於藍」的心情，祝福她，好還要更好。

資深髮型師，深獲港台許多知名藝人指定配合，包括張惠妹、歐陽菲菲、鍾楚紅、孫燕姿，也是唯一亞洲區髮型師的代表，廣受日本肯定而專題報導的第一位髮型師。

絃外之音

楊順清　導演

我們並不熟，可是Judy老勾起我對愛情的回想，她是個神祕的女子，是關於愛情這部份的。

在台北談戀愛很辛苦，可是沒有了愛情，台北還剩下什麼？

對剛剛步入社會的年輕人而言，過往青春的美好不再，換上的是對前途的不確定、對工作的疲乏和對現實中愛情處境的無能為力。愛情在這個大都會裡即便是這麼辛苦、這麼無望，他們還堅持著，Judy也一樣用那種帶點女性特有的敏感、認真與神經質堅持著。我知道她不會放棄，正如他們一樣。

這正是我的電影《台北二一》想表達的。去年SARS肆虐期間，Judy就坐在我的對面，我們第一次見面，她的視線一直沒有離開過我，專注到一種令人感動的地步，我決定請她擔任《台北二一》的服裝造型設計，一件苦差事。

因為她認真靈巧又深具經驗的工作表現，《台北二一》的服裝造型馬上就有了神速的進度，我暗自慶幸並想為她喝采之際，她說她不幹了！

Judy是個易受傷但堅強的女子。她專注又沉默地投入工作，一陣濃雲密佈在她額眉之間，我彷彿聽見她心中喃喃的是關於愛的私密話語，但工作中冷硬無情的指示與命令不時闖入她的心房，她受不了了，她說她要到巴黎一陣子。我告訴她，我真的了解，因為數年前，我也去過那裡，帶著和她幾乎一樣的心情。

拍完《牯嶺街少年殺人事件》，我和在一起七年的女友分手了，巴黎一樣是我的避風港。我知道Judy會回來的，當新鮮感不見時，創傷又會回來找你，不管你躲到哪裡！她去了一陣子，開拍前回來了，一樣專注、一樣沉默，她度過難關了。

她的這本新書，為她自己療傷，也為終日在愛情裡翻騰煎熬的你我找到一位神祕的知音，縱使我們並不熟，可是我知道你知道我知道...

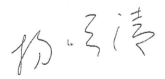

新生代電影導演，作品：《扣板機》、《台北二一》（2003年新作）

陳怡君　導演

接了Judy的電話，要寫個序。

看了文章的原稿，想了許久……

Judy長大了嗎？或許大家都假裝長大？

長大其實可能是堆積了太多無奈而撐高了幾公分吧！

當你找不到何種理由來解釋一些無常，或許寫出來是一種好！

假裝不難，因為這是本能生存的神藥，令人上癮而久久不退。

Judy大大眼睛看穿了太多的人性，無奈語調卻要去化解世人的冷漠，太沉重了。

生活是好的；生存是惡的，不是嗎？

假裝只是因為沒有人喜歡謊言，而假裝和現實像一對情人，分分合合是那麼美麗又令人無力。

Judy一個創造視覺流行的造型師，卻只能在陌生的旅途哭泣，讓淚模糊未來！

文字中用了太多美麗詞句，只想淡化現實中的無解。

放下，可以放下，每一個人看完了可以試著假裝放下。

真心對待自己心中的Judy。

閉上眼，讀完這一本書不難，但睜開時又得到什麼！？

天使總是握著落下羽桿流著淚，劃下自己的真名；

天真的原罪──天真沒有錯，但“假裝”就無解。

Judy寫出自己感受，只因為她犯了天忌，因為她不斷改變神所創造的凡人，

把不美的變美，把虛妄的身軀變得更優雅。

Judy的《假妝》讓人們看不清真實的虛假。

對，是要懲罰這小丫頭把世間變美了！

或許文字還不能表達Judy的真性情，但筆觸真讓人感動。

好好對待自己的Judy吧，假裝也好！

陳怡君 2004.

廣告作品／HONDA汽車、SHARP攝影機、華航形象短片……近百支廣告作品。

MTV作品／劉德華、張學友、郭富城、黎明、王菲……等700多部MTV。

水果　序

　　如果你看到Judy一臉嚴肅的表情，不要覺得「畏懼」，因為當她不經意的開口說話時，你會豁然開朗的發現，她剛剛只是在認真的工作。她不擅長說些好聽的話，但卻常會在你背後給你最真誠的讚美。她就是這麼一個認真工作、不擅交際、但是卻又深獲我們喜愛的造型師，一個認真、誠懇、吃苦耐勞、對自己要求極高的魔羯座。

　　我常常出了許多難題給她，我要慕夏風格的衣服、我要睡美人的皇冠、要木偶奇遇記裡仙子的靈氣、要青蛙王子裡公主的傲慢……除了這些我還要有點夢幻但是卻又帶點時尚感……我天馬行空的說著，然後她會用冷靜的語氣告訴我：「嗯！我已經有想法了」，結果這些她真的通通都可以辦到，而且為它們加分！「Judy姐，你真的是太神奇了！」這是我最常對她說的一句話。

　　她總是用她的一雙巧手，在我們的臉上、髮上寫下許多的故事，相信Judy同樣的可以用她的筆，帶領你進入她工作與生活的故事，而且Judy的書一定可以像她的每一個作品一樣感動你的心！

　　喔，對了！如果你看到有一個人把扁梳插在後腦杓上就出去逛街，那個人很有可能就是剛剛結束工作的Judy！

哈囉！我是西瓜哥哥李岳

　　對於跟茱蒂姐姐合作過的人，只要說很酷又美，又帶有一股神秘氣質的人是誰？大家一定會異口同聲的說：「茱蒂！」自從跟茱蒂姐合作以後，我有很多好看的衣服，不衹好看而已，還充滿了創意兼時尚ㄟ！這一次茱蒂姐要出書了，大家一定要支持她ㄟ！也希望大家要用心去看這本書。

如果西方的流行教母是Vivienne Westwood女士，那東方兒童王國的夢幻公主，肯定是黃莉莉小姐。

　　我所熟悉的Judy姐，話不多卻能細膩地將創意、奇趣、華麗、夢幻融合在兒童節目的服裝設計之中。在工作之中，可以看到她的認真與執著，將腦海裡天馬行空的想像付諸實行。私底下，卻可以在聽完香蕉哥哥最不好笑的笑話，大笑三分鐘。

　　我看見了她的認真與純真，相信在書中可以窺見她的真實，對生活的態度就如同Judy姐的衣服一樣──簡單中卻又帶點不平凡的氣質。我更希望未來可以看到她自創的品牌：Judy&Lily，哈哈～相信可以看到更多令人驚豔的表現。

Judy & Lily

香蕉♡你們

　　大家好～

　　我是水蜜桃姐姐朱安禹，認識Judy已經快四年了。在我第二個節目──「幼幼新樂園」中是我們首次合作，在這個節目中，她一個星期要製作出一件配合歌曲主題的衣服，她的創作讓我看見外表安靜的她，內心也有天馬行空充滿色彩的一面。我很喜歡她為我設計的每一套衣服，不論是衣服的尺寸或是衣服所要表達的感覺從來沒有偏差，所以到現在已經四年了，我的主要四個節目衣服造型都由Judy姐設計，她所設計的衣服不但深受我們主持人的喜愛，也是節目製作人的最愛～當然希望你們也會喜歡唷！

水蜜桃姐姐

自 序

　　我在失去了某個感覺的時候，才算真正的投入在文字裡面，一個字一個字的敲打鍵盤。我經常工作到深夜，陪伴我的是FM98.9，還有你。我妹妹也在趕著她的作業報告，那天我發現她休息時看的書，是她一貫的少女愛情小說，封面都很美……。人很難跳脫自己的閱讀習慣，一切要的不過是情緒的放鬆。我不曉得是誰該看我寫的這些文字？只是，終於！終於寫完了！從國中開始幫自己寫的不成文的書開始，這些年來，最多的機會是為了分手所寫的分手信。這些最後還是離開的人，竟是最鼓勵我寫書的人。高中時，上課的第一件事情是打開老師的櫃子，我會用一瓶鮮奶換一封信，信裡有他的生活跟愛情，我偷窺了一個世界，老師的世界。信裡的字跡非常美，容易感傷，我愛上那樣的氣氛……。我必須真實的跟你交換，一旦你也打開這本書……

　　在書寫的過程中，我明白到我有多幸運，我認為的哀傷，跟我的幸運比較之下，根本不值得一提。聽到我的前輩說：「有時候還是會想放棄！」有時，我也會有這樣的念頭。每天都在面對考驗，一張臉、一個髮型，成功或不成功當下就在驗收，做完了就知道，在對方的臉上、頭髮上，太真實了！無法逃避。面對不滿意的時候，那種辦不到的痛苦，總會讓我懷疑自己，除了保持戰戰兢兢的心態還能做什麼？「如果看到雜誌上一個新的彩妝還不會畫，如何成為一個化妝師？」我的老師說。

　　慢慢的，我發現上帝對每一件事情，都隱藏著伏筆，每一件事的發生，都銜接著下一件事情，也許中間經過了好幾年，一旦沒有完成，必然會再回來！1993年，母親給了我一筆學費，我在坊間一家補習班，開始第一次學習彩妝，兩個月之後，我沒有通過檢定考試，「我對如何做臉」實在沒有天份。

　　1995年，我的第一份工作——婚紗門市小姐，公司的造型師常常遲到，有一次，遲到太久了

，為了安撫客人，我必須先幫客人打底，那時候，那個準新娘面對我，閉起眼睛，一種放心把自己交給我的表情！那樣的感覺，不亞於一見鍾情的震撼！那一整天，我反覆回想這件事，我喜歡那種感覺，很不可思議。

當時的我也正開始一段新戀情——「妳還會幫別人化妝，很好啊」他說。

一件事情，一句話，決定我必須做的事情。

之後每一天，都在想著如何成為一位造型師，我辭掉了工作，不停的注意彩妝相關工作。第一次，我請我姊姊當我的model，去當時頗有名氣的店應徵，結果很失敗，還碰到以前在學校的同學，他是店裡的攝影師之一。

我必須、必須得到！

再另一次應試的前一晚，我跟朋友約了，請她當我練習的對象。朋友回來的很晚，我在她家門口等她，想著明天的考試，想到工作的未知，朋友家旁有一根寂寞的路燈，我在路燈下難過的哭了「怎麼這麼難？」遠遠傳來朋友騎機車回來的聲音，我擦擦眼淚，不想讓別人知道。隔天，我通過面試了，得到了那份工作！後來很久之後，他們問我為什麼應試的哪天手抖得那麼厲害？不曉得該如何回應上帝？祂總是給我機會。

太幸福了，總是得到許多幸運！不論在工作還是在生活上。然後銜接一個工作機會，可以讓我出國工作很久，我說必須這樣，藉由日復一日的重複訓練，帶回到平常的軌道，因為回來之後我要過平常人的生活，當一個平常人。你不明白？——

我說yes!因為，我把身體裡的話都說出來了！

都 出 來 了 ！

我就可以變成平常人了。

目　錄

January

SUN	MON	TUE	WED	THU	FRI	SAT
						1
2	3	4	5	6	7	8
9	10	11	12	13	14	15
16	17	18	19	20	21	22
23	24	25	26	27	28	29
30	31					

Note

我常常在計程車上失態，

一旦坐進計程車，

就失去拉住自己的力量，

變成某種氣體，

不斷發洩的氣體。

一月
我的樣子

車子撞上去「碰」的一聲不大不小，但很結實。

我慢慢地才反應過來，然後關掉音樂，熄火，打開車門準備下車，發覺車子還會移動，趕緊再拉上手煞車。狀況有點慘，前面那台車的前後全毀了，我的車頭也已看不清楚的面目全非。不可思議，原來車禍的感覺是這樣，這，就是「車禍」。原來，我的車子會以這樣的方式離開我……可是不應該啊！它是那種可以存在好久好久的車—19年出場的 Mini Cooper！

早上7：10，有一群人在片廠等我，本來再轉個彎就到了，現在卻沒辦法過去，因為，我‧撞‧車‧了。再加上力道過大，前面的車又撞上了更前面那台，在這連環車禍的現場，我是很難離開了。

＊＊＊＊＊＊＊＊＊＊＊＊＊＊＊＊＊＊＊＊＊＊＊＊＊＊＊＊

收工時已是晚上7：50，今天攝影師遲到了兩個小時，不然工作早該結束的。稍早在攝影師抵達之前，溜到巷口去找攤販，吃了一碗蛋花湯＋乾麵＋豆干。很餓了，一整天下來，好像也沒吃午餐。

提著沉重的化妝箱，拖著工具箱，我要去忠孝東路買禮物。已經遲到很久了，大家都在等著我去慶祝她的生日，我也不想遲到啊！可是

朱朱打電話來：「妳還要多久才能到啊？阿寶待會就得走了。」

「我也沒辦法，因為工作啊！」口氣有一點煩躁，我突然不想再忍受了，因為東西很多，頭很痛，是「味精」吃太多的那種頭痛的感覺，我想到那碗乾麵、蛋花湯和豆乾。晚上8：15，我用僅剩的最後一點力氣把東西胡亂地塞進計程車裡，人也跟著擠進去。

「小姐妳好！」司機客氣的打招呼。

「嗯，」覺得好累，「青年公園。」暫時想不起來路名，先去了再說吧！到時候應該會想起來的。

「請問妳想怎麼走？」

「都可以。」我微弱地說。

「是要從和平東路轉過去，還是仁愛路轉圓環，還是……」

「走……」我努力想了一下，「市民大道好了。」既然時間也不多了……。唉，其實都可以的，我真的覺得都可以。

「可是市民大道在左邊，我們現在在右邊，可能比較不好轉唷！」司機又說。

「……都可以……」我小聲地說，我的頭很痛呢！

「那我們還是決定走市民大道嗎？」他又問。

「……無所謂……」我把頭靠在窗戶上。

「那我們就從×××接市民大道，再轉中華路，再走×××，可是現在市民大道全塞車，可能會比較不好走。」

「無所謂！」我用很冷很冷但堅定的聲音回答，「頭」真的很痛。

「那我們就確定走市民大道了嗎？」司機回頭看著我。

我生氣了！沒有回答他，默默地看著窗外，而且我跟本不記得剛剛我到底說了甚麼了！

一會兒之後，「小姐，空調還可以嗎？」

「……可──以」

「小姐，妳看起來好像很累？」他又回頭看著我說。

「嗯，我頭痛。」還是回答他了。

車子果然是朝著市民大道的方向駛去，不過，Who cares！？不管怎麼走，我的頭痛還是越來越嚴重，時間也越來越晚。

「為什麼頭痛啊？」司機又回頭看了我一眼。

我感到不可思議，不理會他，車子繼續開著。

「小姐，妳有吃藥嗎？」

我的樣子

我的天啊！我的頭真的很痛很漲，只想快點到達目的地，不想說話了耶！我生氣！

　　「最好不要吃藥喔！因為那只會讓頭越來越痛，還會上癮，到最後一點用都沒有了。」他又繼續自說自個兒的。

　　「我，沒有吃藥，謝謝！」痛苦地擠出聲音回答他，我衰弱地把整個身體縮在門邊。

　　「小姐，妳有按一下太陽穴嗎？就是眼睛旁邊靠近耳朵的地方，妳用手壓那裡，頭痛要壓那裡！」

　　我再次有種不可置信的感覺，「謝謝，我有。」聲音很輕。

　　真的，真的不要再跟我說話了！！

　　他突然把一直播放的台語歌換成庾澄慶的歌，我覺得他是想放給我聽，唉！如果現在我有力氣，我很想大笑。下車之後，想想也沒什麼好生氣的，今天這些不算什麼，其實常常失態的是我自己。

　　我常常在計程車上失態，一旦坐進計程車，就失去拉住自己的力量，變成某種氣體，不斷發洩的氣體。

　　1998年的林口片廠，我將自己塞進計程車裡，必須在二十分鐘內

出現在台北基隆路上的某個製作公司，整個製作公司的人都在那裡等著我。

「就算現在不是塞車時間也到不了啦！」司機說，他大約四十歲。

「求求你，我一定要到，大家都在等我，拜託、拜託啦！」我近乎懇求的說。

「妳應該早點出發的嘛！」

「我也沒辦法……還有更快的路嗎？真的，大家都在等我……」我幾近毫無理智地向可憐的司機說：「我真的、真的不能遲到，不能遲到！」

「我想一下……那不要走高速公路好了，我們走×××到×××再接×××？」

「還有沒有更快的路啊？」我又失控了，一路上不停地喃喃自語，真的覺得我自己很吵又很煩！從上車開始就重複Repeat無解的事情。

時間很快就到了，我卻起碼還要四十分鐘才能到，製片的電話打過來了。

「對不起、對不起，因為今天拍片延遲了，所以我還在趕去的路上……」

我的樣子

「那妳要快點喔！」製片很急卻也很無奈。

「嗯，好！我一直在趕！」

放下電話，我開始四處打電話給朋友，並不意外的，沒有人可以先幫我去擋一下。我知道司機先生很努力在趕，但是林口到台北真的有點遠，我感到絕望。真恨自己沒能當機立斷地離開片廠，現在只能坐在車子裡，任所有人一直等我。

唉！我倒在車子後座，無奈，就突然大哭了，是眼淚很多、發出聲音的大哭。司機先生一直陪著我，他並沒有被嚇到，一直讓我哭著，還告訴我面紙在哪裡。

「妳就想開點吧！沒什麼大不了的啦！」他安慰著我。

我一邊哭著，感覺到巨大的痛苦、煩惱。不能原諒自己，我說：「我不怕遲到，只是，我不敢……不敢走進那個門，壓力太大了，我不敢！」

大家都會看著我，當我走進去的時候！

大哭完之後，我突然變得安靜起來，死了心的等著走進那個巨大的門。

那個計程車司機事後一定不會忘記我，因為在車裡，即使快瘋狂的

我的樣子

我，還是可以用冷靜溫和的語氣答覆電話，而接電話以外的時間，我只會不停地催促他，現在想想，我真的很可怕！

可是，我還是沒改掉這個惡習，事情總是不斷地重複。

在計程車上，面對紅燈的時間總是特別長！「紅燈怎麼這麼久！」我在心裡常常這樣吶喊。「唉……真的很久耶！唉！」不停的嘆氣，我已經失去了耐性，坐不住地一直焦慮著，東急西嫌的。可是很奇怪，大多數的司機都只會很冷靜地看著我，只有一次例外。

「小姐，請妳下車，我不趕路！」司機冷冷地說。

不趕路？我下車。我想他不是不趕路，只是覺得我太沒禮貌了吧！

我甚至放任自己在計程車上的病態而不想改變，行動電話上磨損的痕跡，大多是被我摔出來的，在計程車上摔電話是唯一能做的發洩管道！很‧痛‧快。

一兩次被趕下車的經驗，並沒有教會我什麼，交通工具怎麼能理解我的焦慮呢？

我又抱著巨大的不滿和煩躁坐進計程車，去找一位插畫師，因為導演覺得我畫的服裝畫太「山水」，太「美」了，客戶會看不懂，其實

他是在安慰我。為了明天的會議，我只好去找朋友介紹的朋友。

司機是一位四、五十歲左右的老伯伯，我們兩個人都沒去過紙條上寫的地點，上面的地址不是熟悉的路名，朋友也在電話那頭說了：「我們家很難找喔！」

「喔，沒關係，我坐計程車。」我安慰他。

比我想像中還難找，通了幾次電話後還是不順利，我又變成氣體了！

太陽快下山了耶！唉！為什麼他不能自己出來社區門口等我？都已經找到這邊了，為什麼找不到他說的「有一棵大榕樹的路口」？為什麼是我自己坐著計程車來找他？為什麼事情這麼多？都已經在這裡了，卻還是找不到！夠了！我想要停止了，在計程車上尋找的時間已經太久太久了！

終於在來來回回的搜尋中找到地方了。下車的時候，因為沒有零錢，司機決定自己去換錢。站在計程車旁邊，我一個人生著悶氣，氣這些所有的事情。司機回來的時候，拿給我找好的零錢，接著不好意思地對我說：「小姐，我看妳好像很累，這個給妳！」

是一瓶「蠻牛」，我愣了一下，「不用、不用，你自己留著喝吧……」我急著說。

我的樣子

「沒關係啦！我買給妳的，我看妳很累，沒關係啦！」 說完後，司機急忙著上車走了。

「喔，謝謝你！」我握著那瓶「蠻牛」，看著計程車離開。

就著下午的夕陽，社區的小孩子正在玩球。我突然不著急了，站在路邊停了五、六分鐘，我發生了什麼事呢？怎麼會急成這樣？我到底是什麼模樣？

手機響起，告訴朋友的朋友我終於找到了，我移步到那棵大樹下，看見朋友的老婆，上樓，終於見到了他。他走路的時候必須柱著一根枴杖，「很難找吧？真不好意思！」他客氣地說。

「也不會啦！下次就知道怎麼走了。」我把手上的「蠻牛」遞給他，「這個送你！」。

「蠻牛？」他有點驚訝，「怎麼會有這個？」

「計程車司機送我的！」

後記：是的，我變得溫和了。好友Nico堅持我務必寫上「小姐，空調可以嗎？」這句話，她很恨司機這麼問。我的車修好了，謝謝大家。

晚上，我告訴你計程車司機送我一瓶「蠻牛」的事情。

是一瓶「蠻牛」，不是其他的飲料，蠻牛也不少錢吧？

你點點頭。

怎麼會急成這樣呢？你溫柔地摟著我，摸摸我的頭。

我明白在一時片刻之間，我是改不掉「容易著急」的毛病，但是，

我應該可以決定我想要的「一張臉」。

我的樣子

February

SUN	MON	TUE	WED	THU	FRI	SAT
		1	2	3	4	5
6	7	8	9	10	11	12
13	14	15	16	17	18	19
20	21	22	23	24	25	26
27	28					

Note

2005

我知道這樣「奔走」下去，距離自己想像的生活很遠，可是真正的工作就是這樣，距離「高跟鞋」、「絲襪」、或是「絲質的洋裝」很遠。

二月
生一個袖釦出來

　　我常常很瘋狂的在街上「奔走」，是「走」不是「跑」，但是因為速度很快，所以在別人看來，會呈現出一種小跑步的感覺。其實，這種速度在早上8、9點的捷運站裡是很正常的。一走出捷運站，似乎大家都是以這種速度在疾行，夾在這群人裡，感覺自己很正常，嗯，真好！我會那樣覺得，因為大家的速度都一樣，如果哪個人「慢」了，是會被人生氣的！在這時刻，心裡往往會覺得充滿鬥志，也唯有在這時候，我的心裡會覺得很安慰！

　　可是，過了上下班的顛峰時間，我就會在心裡不停地問：「為什麼呢？為什麼在路上很少看到走很快的人呢？大家都很慢，為什麼？不會嗎？都沒有嗎？我問你！」或許你會說：「是喔，好像吧！我也很少碰到，好像是蠻少的。」為什麼沒有？難道大家都不趕路嗎？怎麼會？那麼其他的造型師呢？他們都不用趕時間嗎？

　　「Judy，妳不懂，對不對？」像是發現了什麼似的，導演這樣逼問我：「妳不懂我跟妳說的那種『袖釦』，對不對？」我心裡很想說：「我知道、我知道的，導演，可是我買不到啊！」但這只能壓抑在心裡，不能說出來的。更慘的是我卻必須表示「我知道，我明天定裝時

會把它帶來！」

　　「袖釦」是一種很做作的東西，我知道，我真的知道。

　　走出製作公司後，我在心裡狂叫：「你覺得很容易找，可是我找遍了就是沒找著！而且，導演，你說的那種袖釦，可是我國中時流行的東西呢！」嗯，「國中」距離現在已經十四年了耶。

　　我衝上SOGO電扶梯，一邊跑上去一邊喊：「借過，對不起！」、「借過，對不起！」一邊喊一邊直速的向上跑，有幾次會有好心的小姐衝上來對我說：「小姐，妳包包的拉鍊沒拉上喲！」

　　「喔，謝謝你！」帶著微笑回答之後，開始反省，唉！怎麼會沒拉上呢？我剛剛明明拉上了，怎麼打開了呢？是不是東西裝太多了？曾有一次是自己發現的，打開得很離譜，卻沒有人告訴我。我想，一定是自己匆忙著急的樣子很惹人討厭，才沒有人提醒我。

　　我也很討厭趕，很討厭下電扶梯時得說：「對不起，借過！」，可是上下樓梯或走路時要靠右邊，讓左邊淨空，以便讓別人通行，這不是很正常的嗎？還有那個討厭的包包，我恨那個不能陪我打仗的包包！

我，好像快哭了，自己突然感覺到，只要，只要一片葉子飄落下來，剛好，只要它剛好落在我的頭上，那個重量一到，我就會哭出來了。又是那個大家都不急，我卻急到快瘋了的時候。已經沒有多少時間了，還是找不到啊！我站在後火車站的街頭，下午4：30了，天空不早不晚的下起了雨，沒帶傘，我不準備買，一支傘的重量會阻礙行走的速度。除了急還很想上廁所，這是最恨的事了，上廁所是多麼的浪費時間，找廁所的時間，不如拿來找一樣明天要拍廣告的東西。

　　最煩的是結帳的時候，等店員打統一編號的那種等待，為什麼那麼慢？「小姐，對不起，我很趕。」總是必須要這樣提醒櫃檯小姐。心情好一點時，我會微笑；心煩的時候，會焦躁的用手指輕敲桌面。唉，怎麼這麼慢呢？都已經這個時候了，為什麼？為什麼還要等呢？我不想再等了！

　　今天，失敗，袖扣，我找不到你…………

　　中華路上訂製學生服店的老闆告訴我，轉角樓上的藝品店好像有賣，可是他打烊了，妳明天可以去看看。明天？

　　在定裝前的二十分鐘，我還在車縫剛剛找到的袖釦，唉，我的袖釦。

生一個
袖釦出來

後來，也不是過了很久，在一個不經意的時候，看到導演說的那種「袖釦」，好幾次。

　　我知道這樣「奔走」下去，距離自己想像的生活很遠，可是真正的工作就是這樣，距離「高跟鞋」、「絲襪」、或是「絲質的洋裝」很遠。

　　什麼是一般人想像中的造型師生活？

　　曾經有個助理，在跟我工作的時候，我總是急急的拉著她，深怕她老是奔跑，「不要用跑的，只要走快一點就好了！」我一再地提醒她：「只要走快一點就可以了，不要用跑的，不要製造緊張的氣氛。」她說會忘記，在很急的時候總會忍不住跑起來。甚至有一次，導演還告訴她：「不要急，慢慢來！」我們都笑了：「笨耶！妳看妳，還被發現了！」我只能笑著對她說。

生一個
袖釦出來

March

SUN	MON	TUE	WED	THU	FRI	SAT
		1	2	3	4	5
6	7	8	9	10	11	12
13	14	15	16	17	18	19
20	21	22	23	24	25	26
27	28	29	30	31		

Note

2005

我的工作，

一開始大概連擦槍的時間都沒有，

就必須要擊中目標了！

三月
飛機上的玫瑰

有些事物在剛開始時，沒有感覺。

但，一天過去，兩天過去，三天、四天過去，

就都跟一開始時不一樣了……

小王子在最後才發現自己的那朵玫瑰的特別。

我和A到的時候，房間裡已經坐了好幾位女生了。

「空姐呢？」我們問。

「已經在裡頭了！」執行說。

嗯，她們就是空姐了，想像中的空姐，A與我對看了一下。我必須承認，我期待碰見百分之百的空姐。空姐（大概）也期待著同樣的事情——碰到百分之百的造型師。

開工前，導演已經將工作分配好了。工作開始，我在房間中僅有的一張長方形大桌子上，攤開我的工具：刷子、粉撲、海綿、眼影盒……啊！居然忘了準備鏡子，「太疏忽了，Judy！」心中這麼自責著。

我的工作和一般上班族不一樣的地方，在於他們的工作一開始，對某些人而言可能只是暖身：可以先幫自己沖一杯茶或泡咖啡。而我今天是在計程車上吃便利商店的茶葉蛋＋調味乳，工作前的早餐都是這樣！因為根本沒有心思去想該吃什麼。

我的工作，一開始大概連擦槍的時間都沒有，就必須要擊中目標了！

整個房間的氣氛因為兩位沒有表情的化妝師而顯得有點凝重……

每個等著被化妝的Model的表情，就像是在婚紗店裡尚未輪到做造型之前的待嫁新娘，有一種集合了喜悅及擔心的不知所措……。如果，我能多微笑就好了！但我卻好像總是以更冷冽的表情來做反應。我不是牙醫師！為何要努力化解顧客不安的心情？我是要完成今天的工作，在導演預定要求的時間內交出他要的演員 ——「我不準備提供太多的表情喔！」我心裡這麼想。

早上4點起床，趕到集合地點，再來到這邊，時間已經是早上7點了！要化妝的人太多了！要快一點、快一點才行！動作必須要快速，又不能讓對方感到很草率，所以我需要一張「嚴肅的臉」，真希望對方

可以瞭解……

　　這時走進一位看起來很資深的航空公司主管模樣的女生，跟執行說：「我們主管很討厭前面頭髮『貼貼的』！可以不要弄得貼貼的嗎？就是要『蓬』起來的感覺，總之就是不要僵硬的瀏海，不要貼！」她下了一個註解。

　　頭髮這種東西在一般人口中是很難正確的用文字來形容的吧！只能說，很多人有欣賞的能力，卻沒有辨識的能力，大部分的人常常會這樣。

　　我用夾子將Model額頭上的瀏海夾上去，在臉上塗上乳液、隔離霜。她的膚色偏黑，依她的膚色再加上兩個顏色，交叉混合打底，務必要重複的推著海綿，直到臉上的暗沉消失，像是自然的膚色──必須要透著光！最後，在臉部中央的三角部位，再打上比剛剛兩色更跳的顏色，讓眼睛、鼻子周圍有立體的、亮起來的感覺！再撲上蜜粉，有時候還得在眼袋的位置用些許粉餅。

　　通常這種臨時狀況，我也不是一看就可以決定該如何表現Model，非要等到上完底妝，概念才會漸漸出現。感覺！我用專業的感覺拿捏出我想要的眼影顏色，從靠近睫毛的地方重疊、暈上去。重點是眼睛的立體感，而不是什麼顏色的眼影──眼影只是眼睛的影子！有時候

甚至必須要同時使用三四種顏色來表現出一種最適合的顏色，就是那種我認為帶著力量的顏色！

　　處理好眼影，緊接著就是眼線了。眼線是一種很神奇、很神奇的東西。眼線有多重要？我只能說，誰能想像在清澈的夜空中，只有月亮卻缺少星星的遺憾？我說的是眼線啦！

　　A已經處理完第一個空姐，可是我看見那個被化好妝的空姐前額的瀏海……貼貼的！當然很想馬上反應什麼，卻又不知道該不該說，大家剛剛都聽見了——不要貼貼的瀏海，不是嗎？在工作中完成廠商要求的指令很重要，否則無論如何還是會因為不符要求而回到原點！這可不是在美容院，做完造型離開椅子就沒事，我開始感到擔心。

　　我只能儘速處理手中的工作，睫毛、睫毛膏、眉毛、腮紅、口紅，一切都仰賴著感覺，在化妝告一段落的時候，我遞給Model鏡子，看不見她臉上有什麼表情，「我可是用生命在畫妳喔！」我心裡這麼想著。接著開始吹整頭髮，把前額的瀏海往前吹，再往左，再往右，「不可以扁扁的！」我心裡默唸。有時候，一個好的髮型更勝於美麗的

妝。在做頭髮之前，我必須默唸著「我一定可以的」之類的咒語。

把最後一根髮夾固定好，灑了一些定髮噴霧，完成的時候，我心裡想：「不論妳覺得如何，我是很認真、很盡力了。」然後看著她走回去，幾個空姐圍著她，我看見她興奮的表情。後來才理解，我是太冷了，害她在我面前不敢表達出任何情緒。

就剩下最後一位空姐了，她坐在我面前。我工作時其實是不太說話的，但看她好像想說點什麼，卻可能因為緊張而不敢說出來。於是，「最後一個通常是最幸福的！因為終於可以慢慢來了！」我一反以往的工作習慣對她說，然後在心裡想著：「我已經在跟妳說些什麼了啊！」奇怪的緊張感解除之後，我面對著她，發現她的臉上有某種力量，不是美不美，而是帶有某種力量。

結束的時候，她說：「如果每天都有人幫自己化就好了！」這是讚美吧！我覺得。

「妳們會用到很多夾子吧？」她問我。

「嗯！」

「我那邊有上次做造型時剩下的夾子，下次可以帶來給妳。」

「上次做造型？妳們常做造型嗎？」我問。

飛機上的玫瑰

「因為最近公司換新廣告及制服，所以有很多做造型的機會。」

「不用啊！其實妳可以自己留下來……」

「沒關係，我反正也用不到！可以給妳。」

「好啊！謝謝妳。」

「這件事情很簡單，妳只要說『謝謝』就可以了，Judy。」我心裡這麼想。

執行出現在門口時，我已經完成工作了。

「車子已經來了！」她說。

「車子！？很遠嗎？」我問。

「嗯，有點距離，所以最好還是搭車，因為風很大！」

在拍片的現場，演員就變成是某種物品，被仔細的被保護著。

然後我到達飛機底下，是真正的飛機，很大的那種……。

一上飛機，面臨的第一個狀況就是頭髮——他們不要「貼貼」的瀏海！但現在只能直接在飛機的座位上修改，如果不趕快改成對的樣子，進度就會停在那裡，也許是整部片的進度或是那個演員的進度就會一直停在那裡！那種情況有點亂，好像抓到證據似的——有犯人，而

證據就在犯人頭上！

　我們沒有吹風機、鏡子，也沒有時間再走回去，用盡了各種方法，這些瀏海總算不是貼貼的了！

　「剛剛就說瀏海不能貼貼的啊！」那位主管模樣的女生對我說。我無法原諒自己——為什麼剛剛沒有提出更正？為什麼碰到這樣的事情？我心裡怎會如此的沮喪？我也不明白。

當時我既然沒有辦法阻止A讓這些成品走出去，現在被要求修改這些頭髮也算不了什麼，也不是針對誰的問題。只是我不是那種看見缺口還可以自我合理化或催眠自己的人，即使缺口並不大，我從來就不是！更煩的是，我看著A，但是A並沒有看著我。之後，我就一個人陷在那個情緒裡，我在「貼貼的瀏海」裡漂浮，游不出去⋯⋯

　　我們全部的人一直在那架飛機上，從太陽剛出來，一直到另一個太陽出現為止——這時間都可以飛到紐約了！

　　「好！收工！」導演宣佈。不可置信，這工作也會有收工的時候，在我覺得快絕望的時候。回去的路上，正值早上8點的上班潮。真的很累、很累了，因為再不到十二個小時之後，又得重回到那架飛機上。從昨天工作開始，我就被包起來了，即使回到家，也無法跟別人交談，透明的氣體包裹著我。在家裡跟家人只有無聲的擦身而過，視線也無法重疊，就只是睡覺、打開冰箱、坐在我慣坐的沙發位置，等著時間一到，再趕回那架飛機上。透明氣體不會離開我，直到拍攝完為止。

其實真的沒有所謂的美女或非美女，熟悉了都很美。只是有時候我還是會不自覺地在找一個最美的人，雖然世界小姐每年都會有。

我的朋友C說：「不要當美女，美女其實很可憐，一旦成為美女，就開始往後退了，因為人是一天一天老去的。」

我跟A重複第一天的工作流程，然後，昨天最後上妝的空姐遞給我

飛機上的玫瑰

一包透明的小袋子，裡面大約是二十枝左右的黑色小髮夾。

「啊！謝謝你！」我感到震驚，她居然記得要帶髮夾給我。

「我應該要記得我所有的承諾。」她說。這承諾的力量，我因為一包髮夾感到不知所措。

拍片不是痛苦也不是有趣，只是帶著一種緊張感。我不確定導演的下一步是什麼，導演也許會突然想跟製片要一隻拉不拉多犬在鏡頭裡，或是跟我要一條鑽石項鍊跟不要有白邊的黑色鞋子。還好，導演今天只有說：「那邊的頭髮有一點毛毛的。」

工作到一半的時候，我發現一罐髮膠不見了，我不停地利用空擋在大約三百個座位的大飛機上尋找，也問了每個人：「你們有看到一罐銀白色，大概這麼大的罐子嗎？」

「我不喜歡掉東西，我不想再掉任何東西了！」心裡這樣固執地想。一直找，一直找，不停的找，像是在發洩拍片莫名的焦慮。

收到最新消息：飛機必須在早上8：15之前撤離，進行整理工作，於是高喊：「Judy，補妝！」的頻率就更快了。

收工前，人家都在問，到底Judy的髮膠罐找到沒有？「找到了，謝謝！」我看著髮膠罐，其實沒有那麼重要，為什麼非要花盡所有休息時間來尋找？照例在收工時就會出現了，為何就不能相信呢？

第三天，再次踏進大房間裡，我技巧地把那個給我髮夾的空姐讓給A。如果我三天都重複面對她的臉，除了技巧的累積，還要累積什麼呢？後來在機上看見她的時候，突然想跟她說對不起，只是這樣想想而已，可是為什麼呢？明明可以，卻又跳開了，我到底想說什麼呢？

　　打燈佔據了近乎三分之二的時間，我必須不停的幫空姐們補妝。我走到她面前幫她補妝，她看著鏡子裡的我們。

　　「有沒有解決細紋的辦法？」她問。

　　「有個牌子的眼霜很好用唷！」我回答，「通常我不會介紹任何產品給別人用，可是它真的很棒！那個產品在百貨公司，像Sogo或新光三越就買得的到。」我說。講完之後，我趕快離開，「也許她並不適合，為什麼要鼓勵她去買呢？」我有點自責的想。唉！整個拍攝的時間真久。

　　客觀來說，那三天拍攝下來並非不愉快，只是好像夠了，一次要處理五至六個女生，其實是一件體力負擔很重的事。

　　後來攝影師打電話來敲這支廣告的平面通告，「可不可以兩個人接

下這個平面廣告呢？」我問。

「嗯，那費用呢？」對方問。

「我們都是一樣的價錢，就是再多……」我愉快地說：「而且這樣的好處是可以比較有效率，不會等太久。」

「可是我們的預算真的沒有那麼多咧。」對方說。

「喔，那我必須先說，化一個Model至少要一個鐘頭喔！」我有點氣餒，可是還是又讓步了：「沒關係啦，其實就是中午之前處理好就行了，下午就會很快了！」

對方像是鬆了一口氣的高興起來，但我不是很滿意，我輸了。從一開始，還沒開始談她就知道我會接下這個工作，因為她說：「Judy，妳是那些空姐們指定要找的化妝師唷！」都是虛榮惹的禍。

第四次進去那個房間，從早上8點一直忙到下午3點才有機會喘口氣。畫完全部的人，累的半死卻只能自怨自艾：「我不該答應的，我太虛榮了！」

「她」拿了一條眼霜問我，是不是這個牌子？「喔，不對耶！」我很驚訝她買了，而且買錯了！她也感到懊惱，「也許這比那個品牌更

好用。」我安慰她。

　　收工後，她們很高興地問我，如果她們要辦Party的話，可以找我嗎？我承認這是讓人高興的。

　　「化妝」這件事情一直提醒我，有許多單純的快樂是不能被忘記的，不是一天的通告費該如何計算這麼簡單。就像這次為了莫名的理由，即使我認為應該可以獲得更高的酬勞，還是又答應了這次的通告。

　　我走進房間——第五次！「她」進來的時候看見我，嚇了一跳：「我看見是妳，真的覺得很安心。」我看著她的臉，突然想到，我一直想拿來送她的那個試用品還放在我房間的抽屜裡，可是這念頭在我出門的時候卻做罷了！

　　我咳嗽了，當時是在SARS尚未離開台灣的期間。咳嗽這種東西，越是強忍著不咳，越會讓人咳得厲害。我好幾次走出化妝間甚至走出大門，把自己關在門外，認真的咳完才進去。

　　「真是不好意思。」我必須道歉，可我最不喜歡在工作的時候說「對不起」了。她用眼神對一旁的工作人員示意，要他們倒杯溫開水給

我。午飯時，她們留了餐廳最受歡迎的泡菜來給我，我好像一直被她照顧著。我們利用空檔，聊著簡單的話題，有人好奇我的星座。

「Judy跟我一樣，」她慢慢地說：「可是因為我是十二月，所以比較偏向射手座。」

「Judy，妳有男朋友嗎？」她問。

「也不曉得有沒有。」我誠實地回答。

「怎麼會？」大家都有點訝異。

「現代人的感情不都是這樣的嗎？」我說。

「既然這樣，也不好意思再介紹給妳了。」她說。

「可是你們公司空姐那麼多！」我有點震驚。

「空姐？那也不代表什麼啊！」她說。

當一個女生想把一個她覺得好的對象介紹給你時，她是喜歡你的。我看著她。

我不是為了這些通告費才來的，這太辛苦了，今天下午我還有另外一個工作的機會，而現在卻站在這裡，究竟是為了什麼呢？

補妝的時候，我不太敢看她，因為除了前面兩次之外，以後再畫，

都畫不出我想要「她」變成的樣子了。我失去了某些客觀的東西。我畫不出眼睛跟眼影之間的層次，它們在我的手上能表達的很有限，碰上這樣的問題卻無能為力，我沒有辦法解釋。

我一直沒有跟上後來的幾次通告，沒能再碰見她一面。

即使再碰見了，Judy，妳能做的也很有限。妳永遠只是站在自己要站的位置，看著一切感動的事物，卻不發一語。

「我後來才知道我何以如此痛苦，你總是可以輕易的壞了我一天的心情，只要感覺不好，那天，或者隔天的工作就完了！我比別人更靠著感覺在生活。」那次在基隆工作的晚上，中間休息的空檔，我在車上跟你通電話，這只是像一般女生的習慣。在工作的空檔打給你，因為已經拍好久了，我需要有你感覺，但卻因為一點小事情，我們起了爭執！

「那就分開好了！」我說。

「好！」你也說。

放下電話，在車上哭了一會，再走下車繼續拍片。

再也不能在工作中被破壞心情了！再也不能了！我…相信。

April

SUN	MON	TUE	WED	THU	FRI	SAT
					1	2
3	4	5	6	7	8	9
10	11	12	13	14	15	16
17	18	19	20	21	22	23
24	25	26	27	28	29	30

Note

2005

為什麼？

我跟導演說「是！」，

跟製片說「是！」，跟客戶說「是！」，跟工作說「是！」，

而故意或不由自主地，在晚上脫離說「是」的生活。

四月
我跟導演說的「是」

　　我跟你談到林白，我喜歡的作家，我講得興奮，你嚴肅的看著我說：「妳現在看起來好亮，不像昨天在片場的妳。有沒有一次妳可以在導演喊開始的時候，妳喊『等一下！』然後衝上去，因為妳有一部份還沒有處理好，這樣妳就贏了！」

　　製片跟我說案子很趕，預算也很有限──製片常常這麼說。我想到最後原本可以賺取的微薄金額，也被製片在事後以預算透支而沒了。

　　開完會，照著擬定好的衣服定完裝。晚上製片打電話告訴我，廣告公司問：「為什麼都是綠色的？跟政黨有關係嗎？」

　　「並不是都是綠色的啊！」我心裡想。

　　「他們現在想把角色裡的老公公換穿類似釣魚背心的衣服，有口袋那種，老奶奶換成……，然後他們覺得小女孩應該穿……，還有爸爸跟媽媽的衣服……」製片說了很久，「唉，我知道妳很辛苦！就幫幫忙了，只能明天早上在現場定裝了……」放下電話，時間已近晚上9點！可以說不嗎？我非常想。但我卻必須說：「是！」

　　利用百貨公司打烊前的半小時不到，跑去還營業的商店和製作公司的儲衣室尋找也許可以用的衣服，回家已經過了12點。他們都忘記根

本沒有預算這件事。為了片子可以趕快拍完，我用了自己的預算，所以也只能盡力去做。

　　一早片場的氣氛凝重，老先生老奶奶的衣服還算順利，可是小女孩的衣服一直不行。全部的人拿著衣服，廠商圍著廣告公司的創意大聲質問：「告訴我！你們造型師是不是個男生？」。我離開現場，在化妝室安靜的熨衣服。如果不喜歡小女生穿褲子，在開會的時候就應該提出來！我沒有被影響，只是喜好不同。

　　我必須離開再去找包包。小女生的衣服還是沒決定，不過已經決定讓廣告公司去買，我對於讓這麼多人在今天東奔西走感到抱歉……。

　　回來之後，他們決定用回原來的包包，大家都用同情的眼光看著我，我沒有被影響，我要把事情做完。小女生的衣服也買回來了，「其實也沒有特別好看啊！」大家又再次安慰我。

　　「是！是！是！不過就是個『是』！」我想。

　　「怎麼會是藍色？」導演大驚，小女生的裙子是一條藍色牛仔裙！他們忘了Key版就已經是藍色了。最後還是必須用……時間已經越來越晚，心情越來越低落。今天已經夠混亂了！包包真的已經確定了嗎

　　？我有一種始終站在角落的感覺。唉，漫長的一天。

　　我們都轉移到便利商店──今天最後的場景。大家忙著打燈跟佈置場景。每一個人都可以挑選一種飲料，我站在冰櫃前面想著該挑哪一個？如果挑選飲料能讓我心情愉快……。

　　「妳一定覺得很嘔，對不對？」導演突然出現在我身後。

「不會啊！」我平靜的說，盡量不帶太多情緒。隨後我打開冰櫃，找到了。

「這是我今年喝過最好喝的飲料！導演你要不要試試？」我說。

已經過了凌晨，也許3點可以收工。我坐在騎樓的機車上看著忙碌的工作人員。我一直在控制、一直在控制，跟別人無關，而是我自己。都已經撐到現在了，「妳今天很不錯喔！這些沒什麼，我想頒獎給妳！」正這麼鼓勵自己，突然，他們通知我說廣告公司覺得包包上的娃娃太多了！只要三個就好了 ──「麻煩妳喔，要快一點！」

「哦……」我把包包重新拿來，拆掉剛剛才縫好的娃娃。再重新排列組合，縫上去。「還要改喔！」演員同情的表情。

「嗯，現在只要三個。」我不在乎的說。坐在放在騎樓的透明箱子上，慢慢的對整、排列、縫上去，縫到一半時……

「這真的很好喝！……妳真的不會很恨嗎？」導演拿著飲料站在我面前。我看著導演的臉……我可以說嗎？可以說出來嗎？
「我想一定可以解決的，只要快點收工就好了！」我終於說。

我跟導演說的「是」

根本沒有第二種生活！我的生活是用什麼來組成的？一個很大、很重的包包，走得很快，吃飯很快！要一次扛很多東西！車子後座亂成一團，全是今天拍完剩下的衣服，還有之前剩下不知道該不該丟棄的東西。

凌晨4點半，我的工作結束，當製片說我可以走的時候，我不知道還在忍耐甚麼。天色微微泛紅，控制太久了，我發現眼淚滾下來，沒有手去擦掉它，我在開車。

起床的時候已經快11點，今天有一個很重要的定裝。

我下車把兩大袋衣服拖出來，還有自己的包包。「工作」已經訓練我 ── 可以一次扛很多東西。

進了攝影棚，把衣服平鋪在桌面，一組一組分類好，髮飾、飾品、鞋子、襯裙……在這之前已經有兩次失敗的經驗，而現在接手的第三次壓力就是一個星期以來莫名的焦慮。不論我在做甚麼，無時無刻不在想：「這樣對嗎？」「這樣好嗎？」「這件衣服買下來是不是正確的選擇？」。

再次確認衣服，來之前才修改完全部的衣服，等一下務必要讓他們

穿出心裡真正想要的樣子：裙子的蓬度、頭髮綁的位置……我是有選擇工作的權利，只是在成為一個「偉大造型師」之前有多少工作是可以說「不」的？

　　我坐在沙發上翻著雜誌，執行通知我藝人晚一點到，我點點頭。沒有辦法避免的，每次我抱著衣服出現，就像在等著別人來決定我有沒有品味……

　　時間到了，他們在試穿衣服。

　　「裙子好像很短？」

　　「就是要這麼短。」我肯定的說。

　　「可以再放長一點嗎？」旁邊的助理問我。

　　「等拍完定裝照再來研究。」我說。

　　「請妳把每一個人的頭髮都綁成這樣。」我邊動手邊對髮型師說。

　　「等一下我會把這兩件衣服帶回去修改。」面對執行時我提出我的想法。

　　結束的時候，只剩下一個袋子在手上，如果不拿出力量來抵擋，我一定會消失的。我抱著必須說「是」的心情，也抱著一種主義，我自

己的主義——不過是在假裝的圈圈之內說「是」，然後我是故意也是不由自主的在晚上脫離說「是」的生活。

　　我幾乎會在每個星期三晚上開車接你，在你公司附近等你處理完手邊的事情下樓來……然後邊吃飯邊看《慾望城市》、做愛、睡覺……。無可避免的，你下樓的時間有幾次會晚一點，我就變成是在等‧你‧下‧班，專程的等待你一個人。車子停在路邊，大部份的時候也會有幾台車子跟我一樣是在等人，我跟他們都坐在車子裡頭等一個人。

　　你今天晚了11分鐘，也就是說，包括我提早的10分鐘在內，我已經等了你21分鐘，時間還在累積當中……你，還沒有開我的車門。

　　我通常會選擇市民大道，在市民大道奔馳的時候，我會想起很多事情，重要的或不重要的，離開或尚未離開的……它們會被我一一甩出車窗外，飛出去，狠狠的！下了平地，再右轉，兩個紅燈、停止、左轉……尋找車位，我會希望我夠幸運，更希望你家樓下大門剛好是開著的！這樣你就不用專程從五樓跑下來。我們兩人應該都很期待樓下的大門剛好是開著的，我常這麼想……。

　　每次，停在關著的大門前面，就會想到日劇的情節……也許有一天

，你會給我一支鑰匙，樓下大門的鑰匙。在你跑下來的時候，在汗一點一點滲出來的時候⋯⋯你會不會想要給我一把鑰匙？有時候我會在樓下等得久一點，那時，我明白到它有關於愛的溫度。有時候真的很久，但我不會催促你。我會低頭，一邊笑⋯⋯一邊搖頭⋯⋯。

我沒有喋喋不休的問你為甚麼會這樣？我越來越明白我有我的方法。護照上累積的戳印，衣櫥中不停增加的衣服，這些都是你給我的。

世界上沒有真正的Yes or No，我站的位置已經是「對」的選擇。透過鏡子反射出來的臉，是我的累積，是我說「是」的臉。

我跟導演說的「是」

May

SUN	MON	TUE	WED	THU	FRI	SAT
1	2	3	4	5	6	7
8	9	10	11	12	13	14
15	16	17	18	19	20	21
22	23	24	25	26	27	28
29	30	31				

Note

2005

「我不要出外景！」我終於說。

「甚麼？」製片眼睛瞪大望著我，

他感到不可思議！還有不出外景的造型師⋯⋯

五月
出外景

我真的無法想像，我在四十歲的時候還得出外景，這會讓我心碎！

我在不得不出外景的前一天往往會感到沮喪。

重複、重複的，我說：「我不要出外景！」

「妳是不是很喜歡戶外運動？」不認識的人說。

「沒有！」我回答。

「那是天生就比較黑？」對方又繼續跟我閒聊。

「是因為我前兩天出外景……」我說。

「出外景？」

「嗯，我的工作有時候有這個必要。」

其實簡單的說，「出外景」就是「在有太陽的地方長時間工作」而已。

我很容易曬黑，一旦曬黑，就要花很長的時間才能變白一點。只是如果在等待「白」回來的這段時間，我又在大太陽下工作，那就表示我又會「黑」一季了。總是在春天近夏天的時候變黑，然後在夏天持續的黑下去；在秋天修補，冬天休息，又在春天等著曬黑！我害怕黑，討厭變黑，可怕的黑！

出外景是無法避免的，我知道這是工作的一部份。黑也不是那麼的

難看，可是我也必須有把握，我不會黑的髒髒的！

　　我其實準備了各種對抗變黑的方法，但往往只是些念頭：

一、 鴨舌帽加口罩加長袖襯衫。

二、沙烏地阿拉伯的裝扮。

三、帽子後面裹一塊布延展到前頭遮住整張臉。

　　不過真正唯一使用的只有襯衫跟鴨舌帽，我也不相信市面上的防曬乳。但因為酷熱是這麼的難熬，在那種痛苦之下，有時候我會不得不拿掉各種配備。

　　「妳不會穿長袖、戴帽子？」我媽問我，然後結論：「曬得這麼黑，很醜！」

　　「太熱了！」我生氣的說。沒有辦法預防，只有避免。

　　「我不要出外景！」我終於說。

　　「甚麼？」製片眼睛瞪大望著我，他感到不可思議！還有不出外景的造型師……

「出外景？不是就像出去玩一樣嗎？」朋友問。

「玩？」在舒爽有空調的房間中，討論出外景是沒有深度的。我心裡想，問這話的人應該在越來越熱的夏天中，在正午的高溫下，感受一下「出外景」這件事，這樣他自己就會有答案了。

有一次出外景⋯⋯

「明天的通告是早上5點，先在攝影棚化妝，然後6點出發！先去北投再到淡水⋯⋯」發通告的人滔滔地說著。

「出外景？上次並沒有提到啊！」我震驚地問。

「喔！我忘了跟妳說⋯⋯」

唉！又被騙了，也許他們根本是害怕會敲不到化妝師才不敢說⋯⋯

早上6：30，一群人上車到了天母棒球場，這些出外景常來的地方，已經被我列為禁地！7點多還不算太熱，可是已經感到一些些的溫度──不妙！大家動手吧！把這個景點要用到的衣服抓出來。現在還不算太熱，待會就會熱的讓人受不了了！

8：30，身上的補妝包包變得有點重。

出外景

「妳穿好多。」客戶問。

「她怕曬黑啦！」旁邊的攝影助理替我回答。

11點，身上的袋子越來越重！把肩膀和脖子拖得很不舒服，鴨舌帽的帽簷總是擋住我的視線，我必須用力往上抬頭才能看清楚往往比我高出許多的Model。

時間愈逼進中午愈熱，我像個瘋子硬逼自己在外面曝曬！回去後手背一定會變得很黑，而且頭頂有一股熱氣在悶著。穿著皮夾克和長褲的Model汗水像雨一樣落下，唉，總是在夏天拍冬裝、冬天拍夏裝！

礦泉水也溫溫的，我用海綿擦拭Model不斷冒出的汗水……想著「忍耐！忍耐！」。

「換地方！」執行一聲令下，終於。

午餐是麥當勞，通常是為了討好外籍的Model。會熱到沒有食慾嗎？不會，好像反而更餓了，因為沒有吃太多早餐的關係。我們大夥坐在馬路邊的陰涼處，在吞進一口漢堡時發現——我不過是一名勞動階級的工人。

待會要去淡水，這已經很幸福了，是台北的海邊，有時候還要千里迢迢去墾丁。其實我分不出究竟台北跟墾丁的海水有什麼不同？都是

出外景

海邊啊！用電腦把海水修藍一點就好了，我任性的這麼想。我討厭墾丁。

　一下車更熱了，海邊根本沒有人。

　「妳真的還不脫襯衫？」客戶又問。

　熱已經夠難受了，又要在沙灘上行走，因為腳會陷進沙裡，要比平常更用力邁開步伐，做任何事都要更用力！已經消耗很多精神了……。我來來回回的在衣服與攝影師要拍的地點間，慢速度的移動，因為太熱了。我不明白，我其實可以決定要做的工作，卻還是無法選擇必須在這裡？

　整個海邊瀰漫著一股熱浪，好想透透氣。腦袋熱得昏昏沉沉，帽子也讓我頭痛，我想如果在頭上放片肉，可能早就熟了。

　等一下還要換個造型，熱到沒了任何想法。

　唉！我脫下了襯衫，也拿掉帽子……。終於，我還是選擇工作優先──這其實是個錯誤的決定，雖然比之前好一點，但還是很熱！

　那天回家照鏡子，我恨自己才差一小時卻不能多忍耐一下 ──我又變成一個又黑又瘦小的人了！

只要一次外景，一旦變黑，就可以黑一季。

「妳怎麼這麼黑？」只要有機會可以多說幾句的陌生人，都會加上這麼一句。很沒有創意，我心裡想。「妳一定很會打網球。」這才是我期待的開場白。在國外還曾經有人這樣問：「妳是菲律賓人嗎？」，我氣的搖頭。

「再出幾次外景，我就要退出這個工作！」我站在鏡子前面，鄭重的聲明。

我天真的以為，只要不在夏天出外景就可以了。可是有一年冬天，在基隆的山上連拍了幾天夜戲。入夜後的溫度不適於日行動物的生存。拍了很久很久，我終於在打燈開拍的時候跑到車上小睡一下，並不是抵擋不住睡意，只是真的太冷了！車門關著也覺得冷！才模模糊糊睡了一下下，醒來之後發現喉嚨已經沙啞了起來！隔天開始嚴重地咳嗽了。連續幾天繼續拍攝也沒有時間休息，所以咳嗽一直好不了。

拍攝現場一旦要收音，就是我最緊張的時候，因為如果一咳嗽便會停不了！尤其在深夜，任何細微聲音都會很清晰。那一次，咳嗽又在收音的時候瘋狂來襲，我衝進劇組借來提供休息的屋子裡，因為強力抑制咳嗽甚至開始作嘔，那時嘔吐已經積到了喉嚨，必須快！我衝進

出外景

出外景

廚房，一見著垃圾桶，便朝著桶子吐出來——全部都吐·出·來·了！

　　我舒服的用手擦拭著嘴角，一抬起頭發現男主人端著一碗麵就坐在桶子前方。我低著頭說：「對、對不起」。其實剛才有看到他，只是沒看到他手上的麵！他沉默的看著我一句話也沒說，皺著眉頭……他一定覺得我很沒有禮貌！也不好意思洗手就趕快跑出去了。

　　那年的冷，一直忘不掉！

　　回去之後，發現我的咳嗽一直沒有改善的跡象，甚至來不及治好它，隔了兩個禮拜又必須到淡水出外景。天氣依舊又濕又冷，不過那天我是所有人羨慕的對象！因為我戴了一頂毛毛帽，有著長長軟毛的那種，看起來相當溫暖。這是一種經驗的累積——在很冷的時候，只要把耳朵藏住就會溫暖！我戴著我的毛毛帽，站在冷風裡。

　　在咳嗽即將痊癒之際，我又得出一次外景。我不喜歡咳嗽，但是又好不了，一開始咳嗽，我就討厭自己，是一種說不出的苦！

不要再出外景了！
出外景造成了我生活上的不便，我覺得。

有一次和朋友出國玩，在馬來西亞的邦喀島，觀光遊艇載著大夥慢慢的靠近度假小島，大家興奮讚嘆著風景的優美！

　　我跟同行的友人沒有講話，突然，「好像在出外景……」我說。

　　「嗯……我也覺得」友人也說。

　　看到海會讓我以為又在出外景了！因為只有出外景，我才會跑到山上跟海邊。

　　在島上的三天，我們只遠遠的望了海邊一眼。在一次黃昏的時候，走到距離海邊一小段的沙灘椅 坐了五分鐘，說了一句：「很美。」好像對自己和美景有了交代，我和友人便離開了。除了度假飯店的餐廳，我們在房間的陽台喝茶、發呆，在床上翻滾 ── 我們都對沙灘沒興趣。

　　我很固執地排斥出外景，好像一出外景我就會生病似的。

　　其實只要接受就好了，如果我心理上接受了，即使身體感到痛苦也可以不埋怨，我不過是心裡不能接受罷了。

　　有時到了夏天，坐在我的Mini Cooper裡也感覺是像出外景般。尤其車子是歐洲規格，再加上年代久遠，所以在台灣炎熱的夏天裡，只

出外景

有在冷氣出風口週邊可以感覺到涼爽，對於車內整個空間並沒有什麼幫助，在鐵皮製的車身裡，我在夏天汗如雨下！往往還不到目的地，臉上的妝就花了。

　　我常常熱到必須搖下車窗，不過臉上的表情卻不願顯露出痛苦——我甘願的承受著，反正只要夏天一過就好了，只要六、七、八、九，四個月過後就好了！沒有辦法，這是我跟我的車子的約定，像是白紙黑字的承諾——它不會離開我，我也不會離開它！

　　熱，在我的車子裡，變得很稀鬆平常。

　　夏日的氣氛，絕對不會是小野麗莎的歌聲。

　　四季沒有配樂，只會讓我想起無盡的熱與深深的冷。

　　如果書寫下來，我就可以擺脫出外景這件事，那我可以無止境的敘述下去。

　　每一次心軟失察而出的外景，回來之後的悔恨，有如碰上不對的人談的一場失敗戀愛。

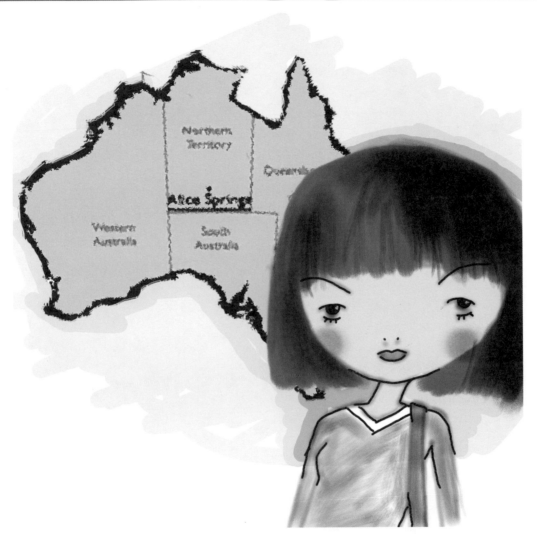

出外景

June

SUN	MON	TUE	WED	THU	FRI	SAT
			1	2	3	4
5	6	7	8	9	10	11
12	13	14	15	16	17	18
19	20	21	22	23	24	25
26	27	28	29	30		

Note

2005

出外景跟婚禮兩件事都放在一起了。

也許在不知不覺中，

我已經突破了這個咒語，

而我卻渾然不覺。

六月
婚禮

你跟我說，你很不喜歡拍婚紗，後來索性轉以人像攝影為主。

「為什麼？可是你拍得很好啊！」我問你。

「因為看見一對對相愛的人要結婚，心裡覺得難受……」

我點點頭，看著你。

後來，我們也分開了。

拍完那次婚紗照，收工的時候，S告訴我她多給了我一點點，「這是我們的一點心意！」她靦腆的說。

跟我原先想的結局有點不同，有點改變………

S跟W要結婚了，S希望能有個不一樣的婚紗照，她認識J——就像有個節目頻道所說：「在一個城市只要認識六個朋友就夠了！六個朋友會滿足你對這個城市所有的願望！」—— S因為J的關係找到我和攝影師，幫助她達成心願。

J在電話裡問我時，我在睡夢中答應了。一星期後J很正式的要我跟S碰面，討論拍婚紗的事情，我一直想「也許後來會不了了之吧！」。

我不是很想答應拍婚紗，我也不想參與別人的婚禮。

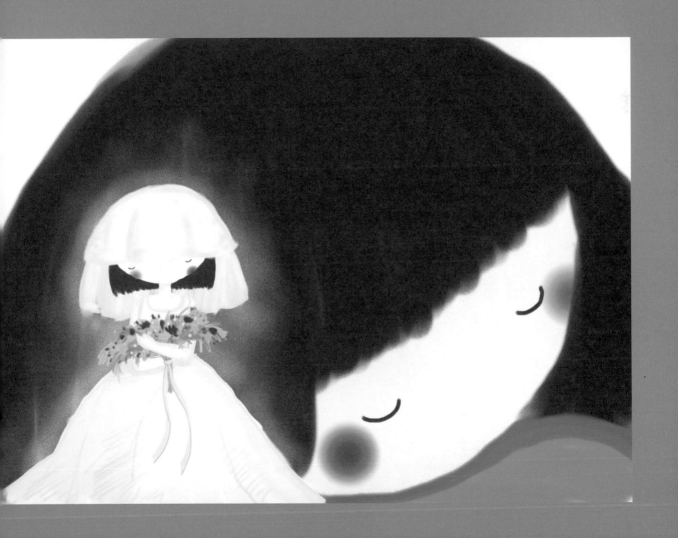

那個月Q介紹了兩個即將結婚的新娘給我。在週末那天，J正和我研究S拍照的事，我趁空檔打電話約其中一對新人碰面，「我老公說想請妳到我們家，我們做飯請妳吃，之後再一起討論好嗎？」新娘說。

　　「其實不用那麼麻煩，在咖啡店就可以了。」我急著回答。

　　掛了電話，我對J說：「她說她『老公』要請我們去他們家吃飯耶！怎麼那麼快就改口了？」

　　J看著我：「廢話！他們要結婚了，不叫老公叫什麼？妳自己很羨慕才覺得她奇怪吧！而且在家裡吃比較省錢啊，出個門又要花個好幾百吧！」

　　我閉嘴了。

＊＊＊＊＊＊＊＊＊＊＊＊＊＊＊＊＊＊＊＊＊＊＊＊＊＊＊

　　為了姐姐的婚禮，匆匆買完東西，我和姊姊又急忙騎著車趕回去，我們必須趕回家化妝了！

　　一到家，小阿姨拿著新的「電板夾」問我可不可以幫她夾頭髮？我望著尚未上妝的姊姊──混亂正開始而已！

　　姊姊的頭髮很粗、很多、很長、很難掌握，結果還沒弄好，迎娶的時間已經快到了！情急之下，只得在混亂的思緒中，把頭髮全部夾上去，看起來是有一點亂……

　　姊姊恐嚇我：「妳下午一定要幫我重新弄過。」

　　當我還在補強姊姊的頭髮時，妹妹問我：「媽問說為什麼錄影的人還沒到？」已經9點了？訂婚的儀式就要開始了！

婚禮

　　「還沒到！？」我趕快打電話給傳播公司——這是我送給姊姊的結婚禮物！

　　「Judy…對不起喔！可是昨天××跟我說是9點半的啊！我已經在趕了！」我不能生氣，因為我們是朋友。結果是——沒有拍到最重要的交換戒指的畫面！

　　訂婚儀式進行到一半的時候，「捧花」呢？等一下離開時就要用到了！「捧花」去哪裡了？大家全部望著我——「捧花」也是我送給姊姊的禮物……

　　花店的電話打不通，妹妹和弟弟已經決定先去附近的花店買了，我不死心的站在巷子口，焦急的等待「捧花」的出現……。

　　今天真是莫名其妙，太不順利了！

　　一台小貨車停在我面前，「捧花」終於到了！我快速的打電話通知妹妹不用買了。望著送花來的歐吉桑，雖然知道不能對長輩無禮，可是又覺得很委屈，所以只能問他：「你覺得這種日子可以遲到嗎？」歐吉桑不好意思收了尚未繳清的數百元，我抱著花束跑回家。

　　在最後的兩分鐘，「捧花」終於依偎在姊姊的胸前。

婚禮

我又必須趕快幫媽媽上妝，稍稍打理完，全部二十幾個人又要趕到餐廳裡去。稍稍停止之後，我大阿姨像是忍耐不住的才對我說：「妳怎麼讓自己放成這樣？也不打扮一下！」

　　「啊！」我愣住了，媽媽接口：「她哪有時間啊！」，那時我根本沒有讓眼淚不流下來的理由。

　　所有的人都突然消失了，我才快速的換衣服、火速上妝，一個人搭公車去只有兩站距離遠的餐廳。到餐廳的時候，連我家的狗都已經在門口了。

　　我進了休息室，面對姊姊不太優的造型，覺得很刺眼，再加上一早上的不順利，很悶、很苦，到目前為止做了很多事，可是沒有一件事是順利的！而我還被嫌「很醜」……。

　　最後，我打電話給師父，我必須找師父了，太悶了！在電話裡跟師父爆出我的沮喪，但還是必須給姊姊一個交代。

　　「很慘…很慘……」我哭著跟師父說。師父後來趕來相救。

　　晚上正式的婚禮，我看著姊姊，想著她頭上頂的其實是價值不菲的髮型，這算是一種補償嗎？

經過了姐姐的婚禮之後，我走在路上看見禮車，都會把頭別過去，我要離婚禮遠一點。

「還是怕怕的，不知道為什麼，」我跟朋友說：「只要在路上看見喜事，心裡就會覺得沉重！」

那場婚禮的失敗，一直保留在我腦袋裡……。之後，一遇到婚禮的化妝通告時，我總是直接反應：「我那天有事情……」。

反正在一座迷宮裡，「婚禮」不是我要的寶藏。

＊＊＊＊＊＊＊＊＊＊＊＊＊＊＊＊＊＊＊＊＊＊＊

那天下午接到S的電話，「Judy，我是S！聽說妳要出國了？」

「是啊！」

「我十月十號要結婚，妳要把那天空下來唷！」S急著說。

「好啊！恭喜妳！」我開心的說。

「聽J說妳是不出外景的，我很感謝妳那天還那麼幫忙。」

「啊！？不出外景！」，是啊！出外景跟婚禮兩件事都放在一起了。也許在不知不覺中，我已經突破了這個咒語，而我卻渾然不覺。

「十月十號我一定去！」我說

婚禮

婚禮

July

SUN	MON	TUE	WED	THU	FRI	SAT
					1	2
3	4	5	6	7	8	9
10	11	12	13	14	15	16
17	18	19	20	21	22	23
24	25	26	27	28	29	30
31						

Note

2005

不是沒有哀傷，畢竟什麼都沒有拆開，

我的哀傷顯得很高級，至少我不用再擔心，

擔心我會跟你提議——讓我們彼此都坦白吧！

讓我們都坦白吧！

「讓我們彼此都坦白吧！」日本AV女優說。

我大概不能這樣建議，那會壞了我們之間的默契。

我常常低頭沉思很久，卻沒有答案。

如果我們擁抱了……接下去該怎麼辦？好像就只能這樣……

既然沒有辦法，就沒有移動的必要，維持原狀就好。

「妳很愛傳簡訊。」你在電話那頭說。

「是啊！」我的回答很……遜，我在心裡後悔，其實想說的是：「我也只能做這麼多。」我要說的只有「這些字」而已！用電話就太多了，有太多要填滿的。

我在暗戀一個男生，在這個年紀，我感到害羞……

今天晚上下雨……突然，我又有了勇氣！我費力的按著，想傳那些字給你，祈禱──不要回電，不要……

「最近好久沒看到妳，所以打電話給妳。」你的開頭總是這麼說。我安靜的聽你說話。常常你打來的時候，我也許正開車去另一個城市，又或者正忙碌著，時間總是不對的居多，我去看你的時候也是，總

是不對……不巧 —— 天使低頭嘆息。

　「究竟，他喜不喜歡妳？」朋友問我。

　我吞下甜美的豬肋排，「他，是同志。」我說。

　「真的？」

　我點點頭，吞下剩下的肋排，「這是最好的解釋，否則為什麼不前進？」

　開車回家的途中，無意識地放進朋友送的流行CD，歌手甜美的聲音唱著：「……再靠近一點點我就會點頭，再勇敢一點點……」從那天起，它從此變成代表你的歌，常常被我點播。

　我是不是該慶幸。在這個時候的我，還有繁重的工作，否則，我該有多難過！

　那一年，我周遭充斥著怪力亂神，我擔心著，很認真的擔心著。

經常工作到晚上，媽媽會打電話來：「妳還在外面？妳喔！唉卡注意喔！」

「我在工作！」我極度不耐。

「我知影妳不愛聽，」我媽很急且堅持地說：「不過，愛給依說破啊！我昨晚有夢到妳，妳跟我說很燙……很清楚……」

「拜託～不要再跟我說了！我還要工作耶！」

「好啦！要不要相信是妳的事！」我媽也不高興的掛電話！

從年前開始，我就被一個算命先生的預言困住了！因為我媽的夢，算命先生像是詛咒地說：「妳女兒最近要小心，可能會有嚴重的火光之災，很嚴重。」

好吧，我承認，我感到害怕──「它」影響了我！

出門在外，尤其是在片場，我總小心翼翼的，深怕一個大意，我就會被火燒了！

我跟朋友尋求支援，朋友跟我一樣一臉驚恐，他們也被我媽三番兩次的夢境嚇到，但幫不了我。

其實我要的不過是有一個人可以告訴我：「它不會發生的！」或者，我只是要知道它到底何時會發生？然後，我只要在那個月擔心就好了，我擔心太久了……

我向姊姊抱怨：「不是不聽，而是除非能告訴我方法，否則就不要再跟我說了！會影響我的心情耶！」

　　每天出門前，我都會神經質的胡亂想一通。
　　甚至，在Pub裡聚會時，當我一說完，氣氛就變得哀傷無比。
　　人類對於「未知」的恐懼，真的很大！
　　我是無知的。無知，折磨著我。

＊＊＊＊＊＊＊＊＊＊＊＊＊＊＊＊＊＊＊＊＊＊＊＊＊

　　原來所有的事情都是霍格華茲魔法學院在測試我，而天使好像出現了！
　　「收工了，吃飯去吧！人總要吃飯吧！」你對大家說。
　　吃飯是不是要說很多話？我心裡想著……
　　「有沒有不吃的？」你問。
　　「不吃牛肉。」我說。
　　「哦！那就是對不起豬嘍！」
　　我笑了，有意思。

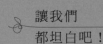 讓我們
都坦白吧！

「不吃牛肉是因為算命說的嗎？」

「為什麼這麼說？」我驚訝。

「因為很多人都是這樣的。」

「……是……」我不甘心的承認。

「其實在宗教的世界裡……」

　　你用一頓午餐的時間告訴我你的觀點：那是一個神秘的世界，在那個世界裡每一件事情都是可以解釋的。「世界是可以解釋的，多好！」我心裡想著。

　　分開的時候，我告訴你我的心情好多了，我覺得很舒服，因為你說我的世界有點像哈利波特裡的世界，只能這樣解釋。這是半年來感覺最舒服的時候。

　　「希望你還可以多告訴我一些。」我說，這不是場面話──我好像碰到天使了？

　　「下次再跟妳說。」你終於說。

　　台北會不會下雪？如果會，我願意相信也許的可能……

　　「我今天發生一件事，實在是不可思議，」抵達餐廳時，我搖搖頭

對朋友說：「導演拍到一半的時候，要我在男主角的頭上畫超人的『S』標記，我就畫了……才正覺得莫名其妙時，導演嚴肅的看著我說：『是換超人的髮型！』……」

　　妳們笑完之後安慰我：「這真的是難得的經驗！」

　　嗯，今年似乎什麼事都會發生，我咬下一口奶黃包……

　　「天使呢？」妳們問。

　　該如何解釋？

　　禮貌的交談，在第一次約會。

　　第二次見面也是第一次約會。

　　第三次見面也是第一次約會。

　　第四次見面也是第一次約會。

　　我放下手上的叉子。

　　「他，算喜歡妳？」

　　「妳們問的還是地球上的問題？」我搖搖頭。

＊＊＊＊＊＊＊＊＊＊＊＊＊＊＊＊＊＊＊＊＊＊＊＊

　　我在工作間把衣服依順序掛好、排開，配件也拿出來，以免在很忙

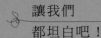
讓我們
都坦白吧！

的時候會忘東忘西。演員陸陸續續的出現了。為了設想所有萬一出狀況的因應方法，我在「定裝」會準備很多衣服，包括演員自己必須帶的東西也要交代……唯一沒想過的是 ——會遇上12年前的初戀情人！

我看著戴著墨鏡的他走下樓，彼此凝視了三秒。他怔了一下，有想掉頭的預備動作，其實若不是在工作，我也會直覺的想掉頭就走！

「嗨！」

「嗨！是妳，怎麼會那麼巧？妳怎麼會在這裡？」

「我在這裡工作啊！等一下聊了，我先工作。」

「嗯，應該，應該……等一下再下來，嗯……好。」

後來天使來了。

「還好嗎？」你總是關心我，我很想把剛剛得到的大驚奇丟遠一點，「發生了一件事。」我提了一下。

「從前有很受傷嗎？還是傷害他很深？」

「晚點再說，現在先工作。」我委婉地對你說。

工作到一段落，吃午飯時，你隔著五張桌子的距離，當著滿室的人大聲問我：「嘿Judy！妳今天上午要告訴我甚麼？現在可以說了嗎？」

「嘎……」我……。

嗳，我總是在天使面前出糗！

我不會靠近讓我不舒服的東西，「愛情」讓我不舒服。

　　從我準備幫他化妝開始，他就變得很不安，我也是，不安的感覺也在我的手上，我必須掩飾顫抖，不敢直視他，可是直視是我的工作。

　　難以解釋，那一次的不舒服……事情已經過了很久、很久，久到說出來也無所謂了！他走了以後，我坐在他最後坐過的沙發上，只是想這麼做，我哭了。之後我必須花很大的力氣，才能集中力量把剩下的工作做完。為什麼要哭？因為是真的，是真的我才會哭，我知道。

　　「你的生命裡沒有難以解釋的事嗎？」我問你。

讓我們
都坦白吧！

「妳知道森林，森林裡的動物都知道，若少了老虎，森林就不完整，沒有老虎就沒有森林，沒有森林就無法生活。」

「那我可能會被老虎吃掉。」

「妳的傷口復原了嗎？」

「我已經被吃掉了。或者可能要再等一下…再等一下……」

我好像被灰色氣流包圍了，生活中的灰色氣流……

傾盡全力的事情常常是傷心的來源。力量要均衡分配，專家是這麼建議的。

「甚麼是剪接？」我問。

「妳可以過來看！」你說。

「好！我會去看。」然後我在心裡面大叫：「太棒了！」

可是後來，天使可能忘了答應我的事吧！因為在手機聽到留言：「……剪接的時間要更改……」

我焦慮難安。究竟又能如何？如果去了。

之後，「我那天後來有事情耽擱了。」我說。

「對啊！後來又更改時間，我想妳可能也沒空，就沒再打給妳了。」

也不知道愛不愛，我只是打給你，或者你打給我。放下電話往往自

己喃喃自語，也不知道愛不愛……

其實是幸福的，我可以一邊聽音樂一邊靜靜的想你，可以無限膨脹自己對你的重要性！假裝你的某個眼神及言語，其實是在對我做無言的告白。

暗戀萬歲！！！

一個人可以等待多久呢？我也不知道。

不會沒有原因的，命運不是沒有原因的，如果我們都沒有前進。

我想到一些方法：我可以在紐約挑一本我喜歡的書給你，在法國的舊貨市集收集勳章給你，在印度想念你──天使，跟我在一起。也不是沒有懊惱過，只是在忠孝東路四段等公車的人潮中，我的哀傷也顯得微不足道。

「我沒有告訴妳，我去年結婚了，因為……所以沒有告訴妳。」

「啊？喔，那恭喜你啊！」

太好了，終於。不是沒有哀傷，畢竟什麼都沒有拆開，我的哀傷顯得很高級，至少我不用再擔心，擔心我會跟你提議──

讓我們彼此都坦白吧！

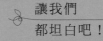

讓我們
都坦白吧！

August

SUN	MON	TUE	WED	THU	FRI	SAT
	1	2	3	4	5	6
7	8	9	10	11	12	13
14	15	16	17	18	19	20
21	22	23	24	25	26	27
28	29	30	31			

Note

2005

我說，你不只是我的師父，

還是「公民與道德老師」跟「汽車教練」。

我總這麼形容我們的多重關係，

這樣會讓你開心，

我知道。

八月
我的師父

　　我把車經由環快開上往三重的方向。8：30必須要到，但我在一排車潮裡卡住了！為甚麼不能飛？給我飛翔的能力吧，給我！無奈地，我只能把化妝鏡跟口紅用力甩進包包裡……唉！

　　我可以想像，如果遲到了，你臉上的表情，可是我勢必是會遲到了。我不會替自己找理由，就是貪心不肯起床罷了。找理由是一件很無聊的事，遲到的人不能有藉口，這是一種風格。

　　車子終於下了橋，右轉，你的電話還沒到。才這麼想，電話就來了，不等你先說，我搶先說：「我快到了！一分鐘！」。

　　停在你面前，下去把工具放上車。你看了我一眼，坐進駕駛座，我在一旁繫上安全帶，安靜不作聲。

　　「又遲到，」你開得很快：「可不可以不要再遲到！妳一遲到我也會遲到！妳不知道我不喜歡遲到？」

　　我看著前方：「嗯……」。

　　後來變成你開車，因為我不能忍受開車時你在旁邊絮絮叨叨，我不善於辯識方向，你甚至還會因此而發怒。

　　「我不是計程車司機！」我生氣的告訴你，從此之後，我離開駕駛座。

我說，你不只是我的師父，還是「公民與道德老師」跟「汽車教練」。我總這麼形容我們的多重關係，這樣會讓你開心，我知道。當我這麼說，你站在男人的位置覺得享受。

　　那次，你跟陳導在路邊指揮我停車。下車時，我想，我自己會開，我會用自己的方法，你就是會急，我受不了兩個男人看一個女生停車的樣子──跟我爸一樣！

　　後來進了攝影棚，你向陳導指指我，說：「又開始吊豬肉了！」

　　我說你是我的老大，面對著你常常看見我父親的樣子。我父親從來都是以男人的樣子存在，不是以父親的形象。

　　「我必須要愛你，我愛你。」

　　除了工作之外，我們都很合。我常猜錯你下一個步驟想拿髮膠還是塑型膏。事實就是這樣，我給你的幫助並不大，「都是我在幫你耶！」你最後說。我看著你，想……如果你一定要只把我當助理看。我不只是這樣而已，都是因為你只把我當助理！

　　可是，我是你的助理。

　　照例，我跟在你身邊遞髮膠、拿髮夾；完成的時候，我跟在你身後一小步；如果收工的晚，我會幫你按摩肩頸。這些都不難，只要愛你就可以了。

　　直到碰上那名助理，另一個化妝師的助理。每次她都把化妝師用過的眼影盒擦過一次，從裡到外。舉凡小刷子、粉盒……，只要用過，她必定拿面紙擦拭一次！讓一切都像才剛剛要開始工作般的乾淨！

「她是怎麼了？」我看著她。

　　我聽見那個化妝師驕傲的對我老大說：「噯，我的化妝品放哪都不太清楚，一定要我的助理找給我，呵呵……」

　　我也開始擦擦弄弄起來，不停的擦，莫名其妙的調整瓶瓶罐罐的位置──這些本來都是收工後才做的！然後，即使時間還不晚，就趕快請老大坐好，趕快幫老大捏捏壓壓的！尤其是在那個化妝師靠近的時候，我不會跟那個助理交談，一副本來就這樣做的姿態。

　　只要碰上她，我就會全面進入戒備狀態，不停的擦擦弄弄！「沒路用ㄟ卡肖，休但ㄝ嘎哩漲嘎哕八！」老大總說。

　　後來，我生氣的跟老大告狀，訴說那位助理的不人性：「很浪費資源耶！她連小眼影盒都擦！」我老大點頭同意：「真的，我也有發現，太誇張了。」

　　其實，我老大很紅，他總說：「妳跟了我，之後也不曉得可以再跟誰？」這是事實。

　　老大宣布：我們要去大陸工作二十幾天！
　　「快樂嗎？」你問我。

　　　　　　　　　　　　　　　　　　　　　　　　我的師父

「嗯。」我點點頭。

　　我一邊整理行李，一邊想：世界上最難的事，不是跟一群人相處，一群人，一大整群人……最難的，是兩個人要愛到多深才能好好相處？

　　下了飛機，第一站是上海，時間已經晚了，老大還是帶著我去外灘跟和平飯店，再去黃浦江邊玩玩逛逛。不早了，人們仍然在外面乘涼，老大和我都喜歡那裡夜晚老舊的味道，一切都是真實的。第二天，我們飛到了廣州，我說：「我要去洗頭髮。」才到飯店，老大對我提出的要求很乾脆的，放下行李就帶我到街上「洗頭髮」！

　　在飯店附近有幾家看來規模不錯，可是不是它們，它們不像我要的。我每家看看，每家搖搖頭，「我要去廣州市民平常會去的美容院。」我跟老大強調。

　　「妳要的是我小時候那種囉！？」老大問我。

　　老大在做頭髮方面有一種追根究底的精神，我知道他面對我的要求，沒有不耐煩。走著走著，出現了一家標示「洗頭5元」，一定是！爬上二樓，看見有一個人正面朝著一個洗臉槽沖水，沖好馬上走出來

，嚇人！

「那樣沖水？耳朵、衣服也會浸水吧？」我嘀咕著。

「我們小時候就是那樣洗頭啊！妳要的不是那樣嗎？」老大問我。

我沒有回答，只是那樣也太超過了。還是洗了，原本以為老大會離開，他卻還是陪我把頭洗完。洗頭髮的時候老大坐在一旁翻雜誌。後來，洗頭的姑娘拿了一條毛巾舖在桌子上要我趴著，替我按摩肩膀及

我的師父

頸部，我一個人享受著。老大已經換成看報紙。

離開時，我說：「下次你也來洗洗看！」

「好啊！好像還不錯！」

當你的助理是幸福的。

第一天，在捲黑人頭的時候，我的速度太慢了。自從上次燒壞一隻吹風機之後，對於到底是220還是110電壓的這件事情上一直有壓力──如果它燒壞了！如果我忘了換轉換插座！我一直害怕再犯這樣的錯誤，這不過是助理在擔心的事情。老大擔心的事情，我並不懂……

在舞台下，看著通往舞台上的出口透出的亮光，感覺有一點類似通往天堂的路。藝人衝下來換造型的時間只有一分鐘不到，我的工作是要把類似橡皮筋功用的髮飾，用力的在髮上繫緊，老大負責抓出一個類似馬尾的線條，必須很緊才不會掉！在很短的時間內，藝人被團團包圍住，每一個人都在搶著做自己的事：服裝、補妝、換造型……。

藝人一出場，我跟老大就會去看大大的影幕，審視今天的成品。老大會對著影幕做出今天的總結。「看」這個動作會影響老大之後的心情。

今天回飯店很晚了，不能去找小姑娘洗頭髮。還有九天，我想。

第二天，閒晃了一天之後，我說服老大跟我一起去洗頭髮。

「廣州好像很雜亂，我不放心妳一個人去洗頭髮。」老大回來的時候跟我說。

「我知道啊！今天頭洗得如何？」

「還不錯！不過幫妳洗的那個姑娘好像洗得比較好。」老大說。

可能是室內外的溫度太過懸殊，老大感冒了！也就是說，我必須一個人去洗頭髮。

「她們今天有問你怎麼沒來？」

「喔，真的？妳怎麼說？」老大問。

「你似乎也蠻受歡迎的嘛！」我心裡想。

連續幾天的空檔，老大跟我都希望趕快把他的感冒治療好，因為老大換過腎，所以不能感冒太久，怕會引發其他的問題。我有一點擔心，一定要趕快治好他！

在症狀輕微的時候，利用中藥加上小偏方，應該可以治好感冒。我

 我的師父

們利用外出的時候，在市場邊買了一大瓶中藥水，外加微量的西瓜霜。我照舊在夜晚獨自去洗頭髮。

三天後感冒沒有好轉的跡象，我們都覺得再拖下去是不行的，老大還是拿著從台灣帶去的病歷卡去找大陸的醫生了。

在廣州的最後一場前一晚，我又獨自去找了洗頭小姑娘。小姑娘突然拿出一疊紙鈔來，「這些都是妳這幾次給我的小費……太多了，想還給妳。」小姑娘不好意思的說。

「還給我？妳收下吧！妳做得很好，是要給妳的！」我驚訝的說。

什麼是大陸人？我分不清楚了！

「我們後天要去雲南了。」我對她說。

「還會來洗頭嗎？」小姑娘問我。

我還會來洗頭嗎？

隔天，我們飛去了雲南。

當天老大在處理一邊的頭髮時，我把另外一邊的頭髮先上膠處理了，等老大。

「咦！？有進步喔！」

「嗯，這種小事，真是太小的事！」我想，老大這樣就很感動了。

又隔了幾天，為了要不要一塊去大理國玩跟老大起了爭執。

「我不想去。」

「那妳一個人留在雲南做什麼？」老大問。

「我就是不想跟一大群人去！」

我知道那裡很美，而且全部的人都興奮著……真是太久了，每天看著同一件事情、同一群人，壓力很大，讓我覺得很不耐煩，有一點受不了。

「沒有人出來是這樣的！」老大忍不住說。

老大和我都彼此忍耐著。後來，我還是去了大理國。

在最後一場秀時，我犯了嚴重的過錯──忘記轉換插座了！

老大及時發現，然後嚴厲的看著我質問：「只有這支吹風機而已，這個工具如果燒壞了，妳知道後果有多嚴重嗎？」被責罵的我心情很差。而且在整場秀的最後，藝人頭上原本應該要固定的馬尾……突然

，「掉下來了！」大家的臉立刻轉向老大！我們急忙衝去看大螢幕，還好，其實並沒有真正掉下來。可是後來老大整理時，發現我這次捆得並不牢。

「只差一點而已！妳知道嗎？妳知道上一次幫她做×××造型時掉了一次，被這個藝人在意多久嗎？」老大責問我。

我低著頭，心裡想：「我似乎真的做不好助理的工作……」

「回台北我們不要再合作了！」老大臉色鐵青的告訴我。

我生氣了！「算了！」我在心裡想。

在最後的幾天，我每天都憋著一股氣，一直到回到台北。

最後有沒有跟我老大分開？徒弟終究是要離開師父的，否則永遠只是個助理。

只是不管發生了任何事，他是開心或生氣，位置都是一樣的。

他是我老大！我很愛他。

我的師父

September

SUN	MON	TUE	WED	THU	FRI	SAT
				1	2	3
4	5	6	7	8	9	10
11	12	13	14	15	16	17
18	19	20	21	22	23	24
25	26	27	28	29	30	

Note

2005

很奇怪的，我認為出現在我們身旁的人，

都有它存在的原因，有著必定存在的命運。

九月
水果舞台劇

時間總是跟我擠在一起。時間擠在我的車上，擠在我的包包裡，在每一根頭髮的末稍，在新長出來的一截指甲上。行事曆上的22號跟已經過去的日子沒有分別，只是用筆畫了一個圈。但是我不能什麼事都不做任由22號到來，我必須決定22號的結局。

你一直問我有沒有15歲少年般的堅強和勇氣？我，只能在22號那天特別堅強！

有些事情常常不會朝著期望走，譬如設計、製作衣服的進度。

我站在想要的包包前望了一會兒，然後走開⋯⋯我一直沒有辦法過那樣的生活，那個包包太小了，只能放手機、口紅、皮夾、鎖匙⋯⋯我需要一個大的包包，還可以裝得下筆記本、日誌、布尺、計算機、名片袋、數位相機⋯⋯。

「可以少帶幾樣嗎？」你問。

「有，去巷口洗頭髮的時候。」

「真的，妳從來沒有只帶一點點東西就出門⋯？」

「⋯有⋯，談戀愛的時候。」

我開著車子去永樂市場找衣服，一進到布市，我勢必會被滿滿的布料淹沒……不能煩躁，偏偏很忙的時候電話總會一直襲擊著我！我規定自己的腦袋不能再想超出工作的事情，還有五十件舞台劇的衣服等著我解決。

　　我不會擔心。我比較擔心我的睫毛夾得不夠翹……。

　　把已經洗好卻來不及交到劇組的衣服，交給跟我不久的助理，她在我的車上，欲言又止。

　　「我不曉得每天待在那邊做甚麼，只是整理衣服……我是不是應該去上課？我好像對工作一點幫助都沒有！Judy妳說我可以幫演員弄，可是××每次都不喜歡我幫她……我覺得我一點忙都幫不上……。」她哭著。

　　「上課？妳已經在事物的核心裡了，做好現在這些事就是這個工作的重點之一啊！」我看著她。沒有說出口的是，我以前只能拎著師父的化妝箱，排排用具而已……。

　　「我那天還去醫院……」她哽噎的說。

　　「去醫院！？怎麼了？」我問。

「因為我可能太緊張了，所以覺得……我媽媽就帶我去醫院……」

「那醫生怎麼說？」

「醫生說可能是壓力太大了然後我爸爸說他想打電話給妳，因為他覺得我每天都回去的好晚，而且停機車的地方都會有一些不良少年，我也覺得害怕。我爸爸想問妳有沒有可以替換的方式，其實他們也知道一開始本來就會辛苦一點，可是……」她停止了哭泣問我。

「我沒有說妳一定該如何，不過妳現在正在替自己累積以後的實力。回家太晚的問題，我可以問劇組還剩幾天夜戲，看誰可以送妳。其餘的，妳必須自己想了。如果決定了甚麼要事先告訴我……」看著哭泣的妳，我其實不懂要怎麼跟妳說。是不是太難！？如果我要20歲的妳，回想起15歲少年的堅強。

我開車離開，打電話給Knico，「現在的七年級很難以理解……她爸爸居然會想打電話給我！我以為我請的是國中生。」我煩躁的說。

「這沒甚麼，我們公司的七年級才……」Knico說。

好像得到一點安慰，在同是六年級的人身上。

沒有太多時間，我還要趕去找裁縫師！距離舞台劇的時間不多了。

我把車開去中和，還有好多事沒做！

「阿玲姐，現在如何了？布料送來了嗎？我們可不可以先試做洋娃娃的衣服？」

「可是到時候背後的帶子要怎麼處理？還有前面會不會撐不起來？我看是不是要買塑膠人形來？」阿玲姐說。

「其實我想的沒那麼複雜，塑膠人型怕太重了，只要用鐵絲把邊邊

水果舞台劇

框起來……」我必須說服她先用我的方法試做看看。我看著到處都是的布料，從我家蔓延到了阿玲姐家……

「我真的沒做過，試試看啦！我也不知道。」阿玲姐說。

「一定要記住喔！必須在22號之前完成，不然會來不及！」我臨走前交代。

已經不早了，每天的進度都很緩慢，時間跟我的進度不成比例的賽跑著。一天很快又要過去了，打電話給她：「今天拍得還好嗎？有沒有缺什麼？」「早上跟妳說的妳有想法嗎？想提醒妳，不管旁人給妳甚麼建議，都只是參考，妳得比任何人都先了解自己可以成為什麼！」放下電話，我覺得我其實說得太多了，一切不過是我的期望。

什麼是遠離工作的方法？找一個刺激的對象，談一場超出掌心的戀愛。

「可是他已經有女朋友了。」Knico在電話裡擔心的說。

「並沒有要妳成為他的女朋友啊！」我要Knico填補工作的空隙。

談戀愛是平衡壓力的唯一方法！

「好！」Knico像是下了一個重要的決定。

可以討論這些表示我不夠忙？我倒在床上想。

一掛上電話，果然全部擔心的事情又回頭來找我。我總是在擔心，擔心事情不會如我所希望般進行。

應該是自己太貪心了，同時還接了其它工作，空隙變的很稀有！

早上出門的時候，發現無法決定該先處理哪一件事，這是不是表示工作已經超出了我的負荷量？

我太忙了！忙到沒有多餘的時間去看妳如何適應，把妳一個人丟在那裡，我後來發現。

開完會，完全沒料想到案子突然修改了！情節變得有一點複雜…有許多需要特製的衣服。打開筆記本，離我的22號尚有十一天的空檔。

想到舞台劇裡還可以穿插一套衣服，馬上直奔永樂市場，買了心裡想要的布料，告知阿玲姐。

「應該可以吧…」阿玲姐也說。

「嗯，那我們就要盡全力去衝刺做衣服了喔！」我說。

行事曆看起來尚有的空位，不過是不想記錄上去，不想連行事曆也

水果舞台劇

變得混亂——行事曆是我的！

　　但是清楚擺在眼前的是：右手邊一部尚未完成的、進行中的電影；左手邊的舞台劇；上面一個工作；下面另一個工作；中間還穿插了一些零星的工作。

　　從上午7點進片場直到隔天的凌晨6點半。最後一個鏡頭，電梯門一再關、一再開，重複不停的動作和指令。我蹲在女主角腳邊，幫她在每一個出場就調整一次衣服、髮型……。

　　太久了，我好累。電梯門又再一次關上時，我跌坐在地板上。

　　停止吧！因為累而湧出了憤怒。為甚麼還不停止！？

　　「好！收工！」導演喊。就在情緒瓦解的同一刻，好險。

　　熬了一天的工作，必須花兩天才補得回精神。可是狂睡一天真是一件太奢侈的事。

　　片廠外的世界已經亂成一團。

　　晚上去看舞台劇的排演。

　　發現我居然記不住每一場戲轉換之間的角色連貫！一切都是被切割的，我的記憶當然也是一樣。看著大家都很期待新衣服出現的表情，

我在開車回去的路上感到心情沉重。

　　直到阿玲姐告訴我：「我計算錯誤了！我以為只有××套！」

　　「咦…計算錯誤！？」我大驚！

　　「那剩下的十五套呢？」我不禁要問。

　　「我想，我真的沒辦法了。」阿玲姐斷然的告訴我。

　　可是我不放心交給別人，真的不放心……我不相信別人知道我在

想什麼。

「不應該答應妳再穿插別的衣服進來的，我好像連手上的數量都做不完……」阿玲姐最後告訴我。

很晚很晚了，我只能回家去。

究竟每天都在忙什麼，別人又都在忙甚麼？

「Knico，後來如何？」

「還有什麼更快碰面的理由？」Knico問我。

「嗯…下次請他來看我的舞台劇啊！」應該算是一個很充足的理由，我覺得。

「可是那太久了！」Knico嘆氣。

雖然緩慢，但一定會達成的……我居然這麼說。可是真正的情形是這樣嗎？

進入拍攝電影的場景，才剛全部處理好，我又必須趕著離開。桌上的化妝用具散得凌亂，匆忙收拾好之後想跟妳交代什麼，發現——妳在門口講電話。即便我今天站在這裡，妳還是在門口講電話！那又怎

麼能適應拍片的環境呢？我不解。算了，電影也即將殺青，一切都會
過去，我這麼想。

　　晚上，看著趕出來的部份衣服……我卻必須承認，很像一碗什錦粥
全部都和在一起了，也不曉得是不是美味……。我需要的是一場動物
Party，更精準的說，是一場熊熊Party。必須找一個可以給我熊熊
Party的人啊！

　　羊男在哪裡？是不是該找羊男想想辦法？村上春樹先生提過的羊男
……。

　　試試看，也許該破除我的習慣。Knico居然會有羊男的電話！很快
的在隔天，我跟羊男碰了面，告訴二位善良的羊男我的處境。他們決
定用盡全力解決我的問題。

　　太好了！我找到了羊男。很奇怪的，我認為出現在我們身旁的人，
都有它存在的原因，有著必定存在的命運。

　　晚上，「妳真的把酒遞給他喝？」我問Knico。我們兩人仍然一直
在討論很久之前的那次約會。

水果舞台劇

「嗯，是啊…就照妳說的。」Knico說。

愛情給了Knico異於平常的勇氣！

「等著來看舞台劇了！」我說。

「我每天都會想著我跟他的事情，很麻煩！」Kinco痛苦的說。愛情似乎不是解決工作壓力的方法。

再三天就是22號了！車子後座堆滿了布料跟道具，我討厭車子總是一團亂，為了工作必須犧牲掉車子跟包包，把大翅膀塞進車子裡時，我無奈的想。

然後，我在阿玲姐家看到了夢想中的紙船，上面有一顆一顆的施華洛世奇水鑽，是之前剩下的，阿玲姐知道我喜歡而黏上去的。很感動，我突然第一次期待22號的到來。

生活中有些事情還是愛情無法參與的。

終於在22號的晚上，試了全部的戲服，只剩下一個星期來修改。我抱著衣服走出來，還有一點不敢相信：「十五歲少年的堅強」是一句很神奇的警語，我發現。

電影的殺青酒會在後天。妳問我舞台劇每天工作跟結束的時間，我在電話裡簡單的回答妳。

「是我家裡想瞭解。」妳解釋。

在殺青宴上，我心情不快的面對我的助理。

我看著她的臉：「我會很嚴格喔！妳要想清楚一點。」

「絕對沒有在工作一開始，就一直問何時結束這類的問題的。」我強

水果舞台劇

調。

她看著我，斷斷續續的說了很多。一會之後，我才理清全部的意思。

「就是妳不能跟我一起工作對不對？」我問。

她眼裡有眼淚，艱難的吐出「嗯…」。

「我其實很想再等……可是又怕自己做不好……」她哭著告訴我。

離開宴會，我繼續尋找明天需要的衣服。

電話響起，「Judy妳不要太主觀了，凡事好好說就好了……」剛剛看到那一場景的長輩告訴我。

再也不找七年級生了！一邊翻著衣服，我一邊下了結論。

我終究沒有找妳繼續合作，因為妳覺得無法勝任的關係。晚上就是第一場戲了，在後台忙碌了很久，不停的確認舞台左右兩邊是不是擺了正確的換裝物品和戲服……可是，我總是想到妳。因為合作的另一個化妝師的助理是妳的同學，所以我才會不停的想到妳……。我看著她不停燙著為數眾多的衣服。突然覺得妳也應該出現。

我如果真的想告訴妳一些什麼，那次的談話似乎顯得太草率。我希望妳是出現的，我看著妳的同學這麼想。

水果舞台劇

October

SUN	MON	TUE	WED	THU	FRI	SAT
						1
2	3	4	5	6	7	8
9	10	11	12	13	14	15
16	17	18	19	20	21	22
23	24	25	26	27	28	29
30	31					

Note

2005

他們都是同一艘船的，只有我，自己一個人划著小船，努力地跟在旁邊，沒有人跟我在一起……

十月

距 離

早上，還沒醒。

我說：「做愛，不是愛情最高的境界。」

你沒有停止，慢慢地，你問：「那，什麼才是愛情的最高境界？」

我把頭偏向你的右肩，嗯，什麼才是愛情的最高境界？我閉上眼睛，想⋯⋯

「是距離！」我說。

你怔住，在片刻之間，「唉，距離⋯⋯」你重複我說的話：「距離。」用頭輕輕撞擊在我的頭上，左邊，右邊，你說：「妳怎麼也會知道我心裡想的？」

我不知道，我用背，面對你，這是最好的距離。我不知道，都是鬼扯的！

你進入我的身體撞擊的感覺，比較真實！

回憶那年還是個上班族的日子。

我其實不是可以白天一直在同一個地方工作的人，不是不行，只是我嚐試過了，我知道那是什麼感覺。我最怕早上是個有溫暖太陽的溫度，因為從西區騎車到士林時，心裡會有一個小小的聲音試著說服我

：「妳應該騎去山上，看看霧，不要去上班了！」下班的時候，天已經黑了，這會讓我以為我處在一個只有夜晚沒有白天的地方。

從此我告別集體式的生活模式，獨來獨往。

我是有機會跟「同事」去唱KTV、跳舞，我也有這樣的集體生活，不過期限只有三十天，拍一部電影的長度。

一年之中，會有這樣的一段時間，「Judy，這對妳會有幫助！」我對自己說。

我打扮得很俐落，去見即將與我共事的「新同事」，大家都對我很客氣。我其實很期待，距離上次去新加坡拍電影已是兩年前的事了。拿了劇本，聽導演講解他創作的理念，我回去把劇本仔細看完一次。必須要熟讀劇本，才不會在大家開會討論的時候，忘記某個場景或片段。我開始從一堆一堆的雜誌書籍中尋找出我要的造型樣本，所有演員該有的模樣，必須要具像出來。

第一次開會的時候，我把資料攤開，這次的討論主題是「造型」，我想聽聽導演的想法。副導、美術、導演、執行、我，面對一堆圖片，我的第一次會議收穫是0。

導演問我何謂「大陸妹」？他其實有很多大陸的朋友，他們的穿著不會太時髦，也不是真的很窮……沒有結論。

　　美術說：「我覺得應該是……加上……然後……」

　　我看著桌面一堆的圖片，導演沒有繼續深入，他們現在在聊場景。我想，也許是資料不夠充分，還是我的語言表達能力有限，所以他們感受不到我的想法，而我也感覺不到導演話裡的意思，有一團霧的感覺。

　　副導說：「下次會有一個角色確定，再來研究一下。」

　　我抱著資料回去，從新整理一次，我知道我不太用功。我跟導演顯然還處在不同的兩端。

　　第二次會議。電梯門打開的時候，心裡有點亂，不是害怕，是亂。我安靜地看著我未來的同事，我會和誰處得比較好呢？我試著有系統地跟導演解釋，除了圖片之外還有衣服——何謂「大陸妹」。我必須拿出實際的行動力，時間不多了，再沒有結論，辛苦的還是我自己。

　　導演抓著衣服看了一下：「我有看過她們穿一種衣服，但好像不是這種，是不是要再更流行一點？」

「我這樣的做法是希望呈現出一種對比，前後對照下來會很清楚。」我必須解釋我的想法。

　　「嗯，那個警察是不是穿這件？」美術突然說：「我想，因為他的角色是警察，所以如果他可以穿……」

　　副導：「其實，妳拿的這個……」

　　一陣討論過去之後，「我還是有點難想像耶！」導演最後說。

　　我又抱著一堆資料和衣服回去。是不是我的表達能力有問題，還是我不夠堅定？我問自己。我不知道他要什麼，找不到頭緒讓我亂了，為什麼第一次跟第二次結果會一樣？

　　沒有太多時間可以生氣，我在萬華的成衣布集裡努力尋找，在有限的資源裡找出可以取得的東西，「可以把這張照片給我嗎？」我問店員。

　　「我們只有一張耶！」小姐很為難。

　　「唉，我知道很為難妳，可是我們有一部電影要拍，但預算有限，如果可以先看照片就好了。真的很謝謝妳，如果妳可以給我照片的話……」

導演看著照片裡金髮碧眼的外國人穿著我推薦的衣服，他實在很難想像，也就是說，我必須把資料裡外國人面孔的模樣，全部刪掉，最好可以找到符合角色模樣的人，也正好穿著我們想要的衣服！

　　又一次，我帶著一些蒐集來的照片、衣服、資料，回到那個辦公室。

　　「嗨，Judy！」我覺得大家看我的眼神很陌生。

　　我想著該如何用力傳達我真正的想法，我開始想像根本沒有發生之前的事情，這是全新的一次。滔滔不絕的跟導演說為什麼會有這件衣服，這張圖片的延伸意義……「語氣要肯定，Judy！」鼓勵著自己。

　　導演似乎想聽聽美術的想法。美術說出他的想法，再切到他覺得另一個角色該穿什麼，那個場景又該如何。我望著桌上的肚兜發呆，這是他上次自己提議的，可是當我把肚兜找來的時候，沒人理會。

　　「對了，Judy，我們會增加一個結婚的場景，是很古老的大陸婚禮那種，不過因為預算有限，可能會只拍照作個象徵。我在想是用西式還是中式的婚禮，我說的中式是那種大紅的西裝，我在大陸曾經看過一些鄉下人家那樣穿……」導演突然對我說。

　　「我覺得，依照劇本給我的感覺是不太適合用太古老的方式。」我

距離

說。

「不過我覺得這場婚禮，最好是……」美術突然說，我看著他滔滔不絕的說著他的看法。

「Judy，妳下次就找相關的資料來。」我看著美術，點點頭。

「那，今天的結論是？」我試著把大家的注意力拉回來，我希望有個結果，非常希望！我望著導演。

「嗯，我還要再想想。」導演說。

美術、導演、副導的注意力其實都沒有在我身上，我忽然這麼覺得……現在討論到劇中需要的一隻狗。

「我有一隻狗！」我突然說。如果帶著我的狗一起去，也許拍片的時候才不會寂寞。我開始形容我的狗，導演對我的狗感到興趣。

「我下次帶牠來！」總算加入了他們的談話。

「Judy，妳等一下可以再幫男主角量身嗎？」執行問我。

「嗯，好！」我必須振作。

雖然我今天來的目的不能只有量身而已，可是進度似乎一直停住。到底發生了什麼事了？

我跑去誠品瘋狂的尋找，抱著一本NT$2500的書離開，剩下的已經不是錢的問題，我比任何人都急，開拍之前，我知道我是重要的。

　　美術要我去誠品把資料找出來，我感到不悅，很想請他把「美術場景圖」拿給我看，我也會有很多想法嘛！我是不是看起來很弱，還是很笨？為什麼沒有人聽我說？

　　牽著我的狗，帶著從誠品好不容易找來的資料，再次坐在「新同事」面前。

　　「Judy，現在不用拍結婚場景了，他們決定用別的代替了。」負責執行的女生告訴我。唉！我的某些力量失去了。我看著今天準備來的資料，把那本書擺到最下面，怎麼就沒有人想到要事先告訴我呢？

　　毫無意外，我今天還是切不入重點，我不懂他們在說什麼？導演跟美術、副導是同一國的，好幾次希望導演只盯住我，別再面對別人，就只面對我。我在心裡大喊：「妳很沒有開會的天份，Judy！」

　　他們卻對我的狗很滿意，「很像我們要的耶！」我卻不知道除了狗還能說什麼？美術說：「Judy，我建議妳去找國家地理雜誌那類的

書籍。」看著他，我必須微笑。我覺得我離大家很遠，大家距離我很遠。

「哇！你們從哪裡找來一隻流浪狗啊？」經過的人問。

「牠不是流浪狗，是我養的！」是不是該慶幸至少還有狗符合劇本需要的？

執行製作又跑來和我切定裝時間，我第一次感到很孤單、徬徨。

如果我不能快速做決定，如果在定裝的那天，導演還是看著我說他「無法想像」，那真是可怕的無法想像。我動搖了！

不是，不是我的問題！是導演，是美術，是副導，是他們！他們都是同一艘船的，只有我，自己一個人划著小船，努力地跟在旁邊，沒有人跟我在一起，所有的東西都連接不上！

那即將到來的三十天要怎麼過呢？如果我妥協過一種集體的生活！

不做，跟繼續做一樣的困難。灰心是什麼顏色？我知道。

「妳太用感覺做事了！妳不能用這種態度面對工作。」

「不要說了，什麼我們沒有聽妳說，反正年輕人做事就是這樣！」一如預期，我受到強力的指責。

我只能說：「對不起，我必須離開，我的狗可以留給你們。」

距離

我知道，看不起一件事物最好的辦法就是打敗它！但是沒有機會了。我並沒有時間復原，還是得繼續生活、工作。我承認，想起這件事情還是有一種說不清楚的痛苦。它被丟在那裡，沒有辦法解決。後來，我帶著我的狗去拍片，我必須面對這件事情，看看什麼才是導演心目中的衣服。

　　我很任性，我不準備在這件事情上原諒自己。它是一次教訓，工作中的烏雲。而烏雲常常會飄過來。

　　兩個月後的一個午後，我接到××的電話：「嗨！Judy，我是××，就是上次那部電影合作過的××。我現在手上有一部電影想找妳幫忙，時間大概會是在……」

　　「××，我的時間原則上沒有問題，可是那部電影我並沒有接完耶！我想知道，你為什麼還要找我？」我疑惑。

　　「其實我那時候覺得妳有一些想法不錯啊！後來妳離開之後，每個人都說有在聽妳說，可是，我覺得他們都沒有真正在聽妳說啊！每一次……」

　　唉，我知道，我知道的，只是距離的問題。就是我一直說的，是距離。

我們誰都不要再說「是的，我了解」好嗎？所有的人都是站在一塊塊不同的岩石上，面對著不一樣的風景！

　　沒有人，沒有人可以真正了解誰，真的沒有。

　　我們真的不要再說「我了解」這樣的話了。

　　我也不知道到底為什麼會這樣？我拒絕跟別人談論，因為沒有人可以真正的了解別人的風景！

距離

November

SUN	MON	TUE	WED	THU	FRI	SAT
		1	2	3	4	5
6	7	8	9	10	11	12
13	14	15	16	17	18	19
20	21	22	23	24	25	26
27	28	29	30			

Note

2005

……造型這個工作，真的是很個人的一種工作！那是，一個人的戰爭！

十一月
服裝目錄

去香港，四天三夜，為一本夏天的服裝目錄。

　　那天模特兒因為太早起床，肌膚沒睡醒，我也睡不到四小時，但這不重要！時間，才是那天最重要的事。

　　「這個景還剩幾套？Judy！」、「等一下換什麼髮型？」……要做好本來預想好的髮型都已經沒有時間了，還要克服因為太冷而僵硬變慢的手！

　　「好棒！還能去香港玩！」
　　「妳最喜歡香港哪裡？」如果有人問我。
　　「就是窩在下榻的飯店裡！」
　　窗外是聞名的半島酒店，另一半是亮晶晶的夜景，我懷疑那些不斷經過的觀光遊艇，根本只是裝了電池的玩具，只為了滿足我的窗戶，那些天我擁抱華麗的香港而眠。累，累到每天只渴望能回飯店最好！那是我唯一能享受香港的時候。

我也不確定，焦慮是不是存在。

只是聽到八號要拍攝，而今天已經是六號了，雖然身在香港，但只要工作還沒完成就無法放鬆，真慘……

　　接下來想的事情其實很簡單，就是三個部分：

　　一、 看到想吃的東西。

　　二、 吃吧！

　　三、回到工作崗位上。

　　攝影小朱正在執行他的工作。「衣服呢？」我問。

　　「還沒到，應該是明天。」小朱說。

　　明白是這樣無趣的等待，所以與其選擇在飯店休息，還不如一起去勘景，我們先去模特兒經紀公司。

　　一本服裝目錄的前製工作，很重要的步驟之一就是：看到拍攝的全部衣服，瞭解衣服的調性跟我設想的化妝及髮型是不是統一，再加上Model的部分，四者之間的連結，它們必須在腦袋中產生一致性。廠商若希望呈現出「都會感」，那這所有一切相加起來，就必須只能呈現出「都會感」，不該有頹廢或華麗的連結。而成就一本服裝目錄

真正的關鍵，不過就是「時間」！

　　我們在經紀公司，面對數百張資料卡，我承認我希望他們可以挑一個長得極具個性、髮量適中，甚至最好留著個性短髮的Model，那樣一來，我當天可以省下很多力氣。這些Model卡都拍得非常好，不過Model真正的樣子有時會相差很遠。有幾次就發生Model的樣子跟想像中的不同，可是都已經在拍攝現場了，所以被「強迫」拜託完成……唉，我是一定會盡力，可我只是個化妝師，改變的不會是本質。

　　「這個不錯！很有個性，又不會太美。」我跟Rita一致同感！

　　「嗯，可是她好像有招風耳耶！」小朱先發現。

　　「真的嗎？咦……好像耶！」我望著被髮絲覆蓋的耳朵，露出來的部份似乎還很大。

　　「貼起來！」小朱宣布。

　　「不行吧！這樣每換一次衣服可能都會扯到，都要再黏一次……」可是，沒有人理我。

　　挑好Model離開經紀公司，反正後天才拍，為了表示我沒有焦慮，就和他們一起去「荷里活」。

　　「你們知道《香港有個荷里活》這部電影嗎？前面那條就是啊！」小朱看著手上的地圖說。

　　「啊！真的？」我大叫：「『荷里活』耶！」

「沒有看過這部電影的人會問荷里活在哪裡？」小朱說。

「我知道！」我忍不住興奮……爬上一層層階梯！荷里活！

「你在哪裡？現在是工作時間，時間是我的，不是用來想念你！」在心中，對那個曾經和我一起去看這場電影的人說。

滿街的硬幣、古玩真是越舊越值錢嗎？可是我們之間累積的時間反而是種負擔。我如果知道，有一天會在這裡用這樣的心情回憶這些，就不應該一起看那部電影。

「Judy，妳買了什麼？」

「六張圖片，都是些民初時代的造型。」

該離開這裡了。冬天的香港很冷！可是為了找一個香港的最佳角度，小朱跟Rita不停的用數位相機取景、反覆的尋找，我不曉得一個城市可以堆疊出這樣的華麗、這樣的繁雜！

我今天出來多久了？昨天只睡不到三個小時，可是我們還在找，非找出那個角度不可，大家都在工作！

轉了三趟地鐵，「我不行了！」小朱說。

「我也是。」Rita也說，我點頭。

「等一下回飯店以後，我要去洗頭髮！」我說。

「洗頭髮？」小朱問。

「嗯，我覺得洗頭髮是認識一個城市的好方法。」

據說，我們的房間是升等房！究竟什麼是升等房？在電梯裡我們不

停的揣測。電梯只到17樓，我們拿的是18樓的房號！「升等？」

　　電梯門打開，斜前方是樓梯……Penthouse！走上18樓打開房門，不大的空間擺了兩張單人床，可是拉開窗簾，竟呈現出45度角巨大的落地窗，映入香港黃昏絢爛的景色……被感動了！根本就是故意等著觀光客把窗簾拉開吧！！

我要怎麼形容在香港的第一天？

一下飛機就在尋找的香港、荷里活、房間的落地窗；在路上碰見一位端正的男子，陪我一起尋找想要的洗頭髮店；我還忍不住在飯店旁買了Patrizia Pepe的衣服，最驚奇的是我跟Rita趕了晚上10：50的電影「金雞2」，Rita是為了排解思念，我不過是不計代價的想忘記我的焦慮！！

早上醒來出門的時候，其實很想跟Rita說，我其實可以不用一起去澳門勘景了！如果可以有更多的時間休息對明天的工作比較好，我的腿還是很痠⋯⋯。

「你沒有去過澳門，那邊很漂亮！我們得搭船去，應該中午過後就回來。」

是⋯我沒有去過澳門，而且，有船⋯⋯。

我的問題就在於我一直是獨行的動物，很排斥集體的行動。

把腳套進鞋子裡。一直強調單獨行動的人，不過是比較在意自己的感覺？

香港的早餐，居然有類似泡麵的東西！這是早上早起的禮物嗎？

地鐵、步行、搭船⋯⋯香港有充分的條件讓你趕，速度感。我很喜

服裝目錄

歡。

　　如果長途跋涉一整天，最渴望的是有一頓豐盛的晚餐！

　　「不優。」Rita說。

　　「難怪他們賣了這麼多種類！根本沒有一樣很精！！」我說。

　　一頓不佳的晚餐，還不如在路邊的咖哩魚蛋；一張畫壞的臉，還不如不畫；一場不優的戀愛不如一場惡夢。累了一整天的卻換得這樣的晚餐足以叫人傷感。

　　回到飯店，我將全部的衣服分類，處理完，就已接近11點了！再洗澡、整理用具，扣除入睡前的狀態……至少可以睡三個半小時，嗯…如果沒有夢境也夠了。

　　把手機的鬧鐘設在3：40，為了爭取睡眠時間，工具已經擺好，會用到的彩妝也先取出，再把電捲一個一個擺好，明天只要把插頭插上就好了！

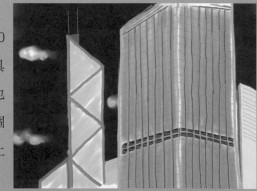

我想著時間，真正拍攝的時間只有十一個小時，再加上交通往返、吃飯……這些位置的轉移、穿脫的速度……我能用的時間其實也只有兩個小時！兩個Model，兩個小時，一人一小時，也就是說，妝只有半個小時，頭髮也是半小時！

根本沒有太多時間！速度，太重要了！

除了快，還要美……再加上明天戶外的強風，數十次穿脫衣服髮型也不能散！「時間」啊……我不能在睡前想這些了！萬事都已經準備好了，我必須睡了，我把帶去的睡前酒一次喝完！現在最重要的事情，睡著。

造型這個工作，真的是很個人的一種工作！
那是，一個人的戰爭！

鬧鐘響的時候，掙扎了三分鐘！腳，一旦觸及地面，睡意就不見了。

十分鐘的早餐，我等著第一個Model，她遲到了，凌晨4點是真的很早，天還是暗的！我錯估了天亮時間，如果要把東西全部移去洗手間，又會花掉一大半時間，只得把窗廉拉上，利用原本的光線了。

服裝目錄

Model到時顯得很驚慌，我快速地先在頭髮上捲子，然後上隔離霜、底妝，「我必須在4：50前完成眼影跟腮紅！」在心裡盤算著。不是所有的妝都必須花很長的時間去磨。「4：52，睫毛！重要的眼睛！」可是Model原本就很長的睫毛不停的沾到眼眶……。我的師父曾說：「化妝是一種節奏，趕的時候不過是節奏變快！」我用棉花棒擦去眼眶邊不停沾到的睫毛膏，不過是節奏加快而已！5點了，另一個Model到了！

　　我們移去洗手間，我需要鏡子，把捲子拆下來檢視捲度，不能破壞它，這些捲度很重要，要撐一整天！把頭頂頭髮抓起來一層一層開始刮，再噴膠……抓起頭頂的頭髮，在裡層刮出一點蓬度，看準、往前推、夾子、再定型。角度——在側拍時會呈現出的線條……用一整排夾子在髮際滑過耳朵拉過去！攝影小朱站在門邊，我知道他想催促我再快一點！快一點！是要快一點，可是要把工作做完，我還沒做完……。

　　終於換下一個　，跑經過小朱身邊，我喊：「我還需要五十分鐘，因為第一個Model遲到！」

　　抓起捲子，兩個Model開始聊天，空氣中滿是髮膠及咖啡味，我把

顧著聊天的Model調轉向我，不過是工作的開始而已。

　6：50，我把補妝用具、髮膠、夾子、梳子……混亂的都塞進小包裡，今天的手必須空出來提拍攝的衣服。明明可以走了，大家又神經質的擔心少帶了什麼。「好了、好了！走了！」終於！

　我要利用去澳門的一小時睡一下。

　抵達澳門的時候遊客還不多，幾乎都是當地的居民。有一些好奇的伯伯自告奮勇的要幫我們看顧行李，有一點羨慕這群人的悠閒。

　衣服一套套的掛在我的手臂上，這樣Model一下來就可以直接利用旁邊的大柱子跟帶來的大毛巾遮掩下換衣服……。我思考著待會要換的髮型……。必須得在不超過十分鐘之內執行。

　人越來越多，風越來越大，頭髮沒有被吹散是唯一值得安慰的事。只是被強風不停吹拂的手看起來很乾枯僵硬，似乎很可憐。

　「快12點了。」我提醒小朱。大家都在時間的壓力之下，不知道小朱昨天睡的如何？

　下午近2點，結束了在澳門的部份，得再回到香港市區。

服裝目錄

在船上吃完早上沒時間吃的麵包，很想睡一下，時間有時候比想像的還快。很不幸的，第一個景點因為來不及申請，被趕了，這是常有的事。第二個也不行，決定去第三個選擇，坐在計程車上，無法形容出正確的地點。

　　「數位相機！Rita。」我們催她。Rita一拿出數位相機，開啟、畫面出現……沒電了。唉，太妙了。

　　晚上睡覺的時候，「可以不要把窗簾拉上嗎？」Rita問我。
　　「好啊！這樣好像睡在星空之下。」
　　我把頭倒轉，腳高高倚靠在床頭邊……太美了，五顏六色的光忽遠忽近……

　　「現在，這個房間裡什麼都不缺，只缺愛情。」

December

SUN	MON	TUE	WED	THU	FRI	SAT
				1	2	3
4	5	6	7	8	9	10
11	12	13	14	15	16	17
18	19	20	21	22	23	24
25	26	27	28	29	30	31

Note

2005

抹香鯨很巨大，但卻常常擱淺——我的愛情也是。

十二月

聖誕節的愛情

我暗示過你，我最喜歡聖誕節！

平安夜的夜晚，我開著我的黑色Mini穿著川久保玲，頭髮吹得很直，它們直瀉在肩膀散出美麗的放射狀，在塗著亮白色的眼影上，襯著刷了三層的濃密睫毛，還有淡淡閃爍的紅唇彩………我們會牽著手到華納威秀，因為那裡充滿著聖誕氣氛！在忠孝東路跟基隆路路口大大的電視廣告版上，滑過的是「Merry X'mas！」你正好拉著我經過。「Merry X'mas！」字幕一閃一閃的光芒閃亮的刺眼，我的眼睛脆弱地因這亮光而留下眼淚……。

早上起床，距開會的時間已經快來不及了！黑色，就黑色好了，我想不出該穿什麼？我睡得不夠。

電梯門打開，我今天心情不好，我不認為別人會看得出來。沒有人在開會的時候討論昨天擱淺的抹香鯨。

我瞪著腳本，心裡盤算著會有幾套衣服，如果不現在提出問題，之後只會增加成本的浪費！我揣測著導演話裡的想法，有時候理解導演想要的東西比我自己的期望還重要。

「導演，到時候車子會是甚麼顏色？」我問。

「應該會是黑色，因為去年黑色賣得很好。」製片接著說。

「可是因為座椅是暗紅色，所以要考慮衣服的顏色能不能顯現出座椅的質感……」導演表示。

「暗紅色，暗紅色……我想想……」

「也許到時候不會太清楚，不過我比較擔心在太陽下拍黑色的車子……你要不要協調一下有沒有可能換成銀色的車子？」導演對著製片說。面臨到第一個問題，暗紅色的椅背。欸，一定不會太清楚的，我低頭想著。可是還是得考慮進去。

導演拿出參考帶，很認真的放了兩次，參考帶是很重要的依據。關於衣服的穿法有數千數萬種，可是在很多時候，衣服的樣子被歸類為上班族、家庭主婦、運動員、活潑的女生、主管、高級主管、工程師、竹科的工程師；美式、日式、法式……我看著帶子想著這支參考帶是屬於哪一類？最後會變成……？客戶希望、導演希望、我的希望……我趴在桌上，突然沒有耐性了！其實，衣服不是合身就是不合身，愛情不是分開就是不分開──我想站起來宣布！

窗戶外透進還亮亮的天色。抹香鯨，生活是一場困境。

「這個部分就麻煩妳回去想一想了。還有到時候可能……」導演對著我說。

「可以給我行程表嗎？下次開會是什麼時候？」我跟製片切著時間。

「那我下次開會再把資料帶來，拜拜。」我維持著平靜。

我決定走去誠品。現在的身體狀況是65分，不可以低於60分，我輕輕提醒身體。

一路上經過不少咖啡店，飄出來咖啡豆香醇的味道。我可以賞聞咖啡的香，但是，這個時候，請不要給我悲傷的歌。

凌晨2點，整理完一部份資料，其實尋找資料並不困難，困難的是如何找出最符合期望的東西。還缺一些真正想要的，我還沒有在資料中看見一種決定性的調子，那種可以讓人一眼就覺得「就是它，就該這麼穿！」的東西。明天或許應該直接去找市面上的目錄……。一抬頭發現已經快3點了，居然這麼晚了！沒有力氣收拾一堆堆的雜誌，

我想我累了。

什麼是身體裡「決定性」的東西？決定「情緒」
的東西？

該去睡了嗎？可是還沒找到……明天工作完就先去找現有的衣服，
有目錄的那種。如果有衣服卻沒有目錄，就得再去誠品一次。算一算
，現在似乎是時間最多的時候了，如果今天不找完，那之後的時間……
…。資料足夠了嗎？如果明天不順利……。唉！我根本不是公主！公
主不會煩惱客戶究竟喜歡什麼，公主只會煩惱該穿什麼。為什麼還要
在心裡把自己當公主？笨……真笨！

我也不是你的公主。

早上，眼睛還沒張開，第一個意識：「你離開我了」。即使我堅
定的覺得世上沒有真正的分離，但是早上的第一個意識，打破了我的
信仰。我明白到，今後的每一天我都將帶著新的傷口在路上行走！

承認，生活是一場困境。

聖誕節的愛情

我走上階梯，趕著去工作地點。穿出捷運站口，迎面而來的是右手邊一棵三層樓高的聖誕樹！天！心一緊縮，聖誕怪物！我快步離開。在路邊，我沉不住氣打給朋友：「為什麼？為什麼已經有聖誕怪物了！？這些想過聖誕節的人，為什麼不等當天通通集合在一個廣場，一起慶祝慶祝就算了？」

　　今年的冬天特別冷，我真切的這樣覺得！

　　感覺冷的時候，我們會添衣服；感覺傷心，卻不能停止工作？

　　11點半，我把車退進小小的位子裡。停好車的時候，疲倦突然全部湧出，收音機這時候播著我喜歡的歌，我靜靜的坐在位子上……現在，好像是一天中最被瞭解的時候。包包裡的手機已經沒有任何線索、任何證據，證明我們曾經在一起。

　　鎖了車門，慢慢走回家，現在是週末夜晚，大家已經全部擁抱在一起，已經收工了的我卻孤單一人。我不喜歡住在一條條的小巷子裡，不喜歡這些小巷子！

　　「喂，是我，我收工了…我待會想去找你……」只是我的唇型，輕輕的……。

　　也曾想過躲進別人溫暖的懷中，可是這麼一來就一點意義都沒有了，因為那會一直提醒著我：離開你的我不論過了多久還是會寂寞……。傷口每天都有新的癒合方式，我知道。

　　這陣子的我，很敏感的覺得背後的翅膀已經在掉毛了……不太輕盈。

　　我去不同的商店蒐集，尋找開會通過的衣服，想像現在的我很有活力，像鼓的節奏，一拍一拍的……我必須這樣。

　　怎麼才剛開始找卻覺得好像連形容的力氣都沒有，精神不佳的我只希望會碰到聰明的店員，看了圖片就能瞭解。過了一個下午後，還剩下兩件上衣，女生還有包包、鞋子…，預算有限，鞋子就買路邊攤好了，反正帶到的鏡頭應該不清楚。確定要買這件襯衫了嗎？必須集中注意力再做決定……不行！發現它沒有腰身！還是必須另外再找，明天定裝是3點，今天如果沒找到，就在明天定裝之前再跑去買SOGO

的那件襯衫，那件襯衫其實很接近了，但是顏色有一點偏米白，而且……太貴了，我現在無法決定。

「小姐，可以累積點數喔！」店員小姐說。

「我不要點數！」冷冷的，我莫名其妙的發著脾氣。累了！要找到跟資料很類似的衣服，有時候跟上帝有關。在所有店快打烊之前，我抱著一堆袋子坐進計程車，仔細數著共有幾袋，掉了任何一袋都很殘忍。不要，我再也不要在計程車上掉東西了！

小腿開始感到酸痛，一種血液爬不上來的感覺……。我其實痛恨逛街，有時也恨時尚雜誌。你想像不到我的生活是這樣的，不是你想的那樣！對於我，你根本沒有看清楚，也不明白；你要真明白了，就會珍惜我們見面的時間，我們都會珍惜……。

在這麼忙的世紀裡，失戀的人是可恥的！我閉上眼睛，讓身體深陷進計程車的沙發裡。

製片打電話給我，說客戶不喜歡那些衣服的樣式，他們覺得好像跟原先想的有點出入……。

「可是，導演跟廣告公司不是都說可以了嗎？」我必須說。

「是啊！可是客戶就是覺得……」

「那客戶究竟要什麼？」我問。

「我也不太清楚，大概還要再……有一點像……。其實開會的時候也沒有具體的答案出來，我也只是推測當天開會的狀況，把客戶形容的告訴妳。妳明天晚上可以來一趟嗎？因為拍片的時間不變，晚上你跟導演還有客戶一起開會研究好了。」製片說。

「我自己跟客戶開？」

「也只能這樣了，這樣最快了，麻煩妳了！而且女主角也要更換，我這邊也在想辦法……」製片把問題丟給我。

他們，他們都不知道我失戀嗎？還要這樣折磨我！明天的事情都亂了！又全部撞在一起了！

這些沒有很不順利，只有一點點不順而已，一定會過去的……我閉上眼睛。

臨去開會的前半小時，我的心情……又不好了。

我告訴你：「我怕我會跟他們說，我不做了。」一直以來的堅強突

然消失了！我在停車場突然覺得一切都這麼的叫人不耐，我好像在生命的每一個層面都必須投降。

我不想上去！我一定會說我不做了！我，不想………

企圖在停車場解決掉一切不愉快的心情，我很累了，所有的事情都和在一起了，一切就到此為止！夠了！夠了！！夠了！！！我好像陷在一場流沙裡……。

「我等一下一定會說出來的，」我跟你發洩，「如果等一下還是不行，我一定會說的！」我趴在方向盤上。我不懂，為什麼大家都要打破承諾？為什麼可以輕易的打破承諾？為什麼都到這種時候了，我連可不可以哭都不知道？

「我一定會說的，已經不重要了！」我重複的說。「不會啦！不過就是陪公子讀書嘛！」你在電話裡笑著告訴我。「陪公子讀書」是你下的結論。

晚上在電話裡，我告訴你，客戶看著我重新找的資料說：「不錯啊！」討論最多的是女主角的裙子長短！可是在客戶還沒來之前，大家

都還沒有很肯定我的想法，大家的壓力好像都很大……壓力太大了。

　　斷斷續續拍了四天，因為天氣的關係，我擔心頭髮、擔心進度、擔心衣服會不會皺？擔心後天的通告、擔心我停在路邊的車子、擔心所有跟拍片有關無關的事、這陣子所有所有的的一切……。「擔心」讓我看起來很認真的樣子。我拿著髮膠罐站在攝影機後面，看著助理調整演員的服裝……沒有人知道我在拍片現場飛起來！一切全部都是假裝。

　　假裝，真是假裝透了！
　　我們對愛人假裝，只為了得到更多甜頭；
　　對工作假裝，只為了得到方便；
　　對陌身人假裝，是為了得到尊敬；
　　我也假裝，假裝我沒有發現……。
　　假裝你很愛我，
　　假裝我很特別。

聖誕節的愛情

直到，我終於在假裝的痛苦中明白，你並沒有騙我，你不過也是在假裝而已！因為我也一直在假裝，我們看到的都是我們假裝的樣子。

「沒有辦法的！」我跟自己說，「為了愛人而假裝是一種情不自禁。」我們都會染上愛人的習性。

我蹲坐在這裡，跟大家一起聊著一收工就會忘記的話題，假裝的直徑在這裡是12吋電視的大小。最好收工時不會太晚，可以去洗頭髮……。我要假裝優雅的去對面的星巴克買一杯拿鐵。

晚上，我訂下飛去泰國的機票，給聖誕節。只有我知道，我沒有忘記！我忘記的是感情不是你。

我在寧靜的夜晚，聽著音樂，想著你在房間中活動的樣子……。一定可以的，在某個時間，我們會很自然，我會看著你的眼睛……我說：「把牙刷丟掉吧！」

後記：「生日快樂」，上帝安排我跟你說。

聖誕節的愛情

"才能"這種東西, 是與生俱來的!

有時候再這麼努力, 也跟才能沒有關係

德聖的插畫裡面, 有一種才能的存在!

謝謝德聖, 更謝謝比我還認真讓這本書

~~誕生的~~ 生的 jon jon.

誕

Judy

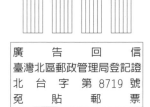
106-□□
台北市新生南路3段88號5樓之6

揚智文化事業股份有限公司　　收

□□□-□□
地址：　　市縣　　鄉鎮市區　　路街　段　巷　弄　號　樓
姓名：

Leaves
Publishing

 書號 L2003　　 書名 假妝

葉子出版股份有限公司
讀·者·回·函

感謝您購買本公司出版的書籍。
為了更接近讀者的想法，出版您想閱讀的書籍，在此需要勞駕您詳細為我們填寫回函，您的一份心力，將使我們更加努力！！

1. 姓名：_____

2. E-mail：_____

3. 性別：□ 男 □ 女

4. 生日：西元_____年_____月_____日

5. 教育程度：□ 高中及以下 □ 專科及大學 □ 研究所及以上

6. 職業別：□ 學生 □ 服務業 □ 軍警公教 □ 資訊及傳播業 □ 金融業
　　　　　 □ 製造業 □ 家庭主婦 □ 其他_____

7. 購書方式：□ 書店 □ 量販店 □ 網路 □ 郵購 □書展 □ 其他_____

8. 購買原因：□ 對書籍感興趣 □ 生活或工作需要 □ 其他_____

9. 如何得知此出版訊息：□ 媒體_____ □ 書訊 □ 逛書店 □ 其他_____

10. 書籍編排：□ 專業水準 □ 賞心悅目 □ 設計普通 □ 有待加強

11. 書籍封面：□ 非常出色 □ 平凡普通 □ 毫不起眼

12. 您的意見：_____
　　　　　　 _____

13. 您希望本公司出版何種書籍：_____

☆填寫完畢後，可直接寄回（免貼郵票）。
　我們將不定期寄發新書資訊，並優先通知您
　其他優惠活動，再次感謝您！！

7ugo.com

趣 · 遊 · 購

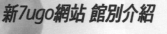

走進7ugo與時尚相遇

趣 *Shopping for fun*

您是否已經逛膩了那些一成不變的購物網站呢？請到新7ugo
網站，我們要讓您體驗超有趣的shopping mall喔~~

遊 *Shopping as a tour*

覺得其他的購物網站都沒啥看頭？那您一定要來新7ugo網站
逛逛，因為我們推出全新的豐富內容，還有充滿特色的主題
商品館，讓您的網路window-shopping很有看頭！

購 *Shopping is easy*

覺得網路購物很麻煩嗎？請您試試新7ugo網站，我們根據以
往的顧客意見，從新設計一套最便利又貼心的購物流程，要
讓您擁有全新的體驗喔~

Dress
流行服飾館
成為時尚的代言人的秘密就在這裡！

Adornment
飾品配件館
來自每國的時尚飾品配件滿足您愛美的欲望！

Private
私著內衣館
讓私著內衣館挑戰您的視覺極限！

Cosmetic
美妝保養館
創造美麗自信的秘密武器全都在這裡！

Offer
纖體瘦身館
享受價值百萬的纖體瘦身、擺脫贅肉糾纏！

Hobby
戀X癖館
在這裡您終於可以大聲說：我就是愛它！

18禁
限制級館
帶您體驗既浪漫又感性的激情歡愉！

Technology
數位生活館
給您品質第一、造型迷人的數位商品！

Living
生活雜貨館
讓您的漂亮家居與時尚品味同步流行！

Health
健康元氣館
健康元氣館讓您擁有蜜桃般的好氣色！

除此之外，7ugo
還新增了許多像
7ugo Gift 好禮回
饋區...等等超fun
的活動、豐富的
時尚訊息，要讓
您一來就上癮喲~
快上

www.7ugo.com
逛逛吧！

元氣生活！生活元氣！

keiko/23歲/服務業
元氣手札的設計感佳
又攜帶方便、實用
裡面還有許多
資訊真的很棒哦

安娟/26歲/行銷
我最喜歡在好吃篇
coupon單元，
元氣手札內推薦的餐廳
及優惠真是好的沒話說。

KAORU/24歲/商
文建會地方文化館特別企劃報導是
我最喜歡的單元，原來台灣有這麼
多文化藝術結合休閒的好所在。

若筠/43歲/服務業
元氣手札美麗人生篇提供了我不少
相關的資訊，原來在整形前還可以免
費諮詢，讓我從中重新了解自己。

生活是需要元氣の 補充元氣的小撇步

元氣手札是一本屬於都會人的方便誌，
裡面有吃喝玩樂的資訊
廣告結合筆記讓生活變得 Fun輕鬆·消費更Smart

快去OK便利店
免費索取

Leaves
Publishing

根
以讀者爲其根本

莖
用生活來做支撐

葉
引發思考或功用

果
獲取效益或趣味